隔着回家

子弋 著

小说集

中国出版集团
现代出版社

图书在版编目（CIP）数据

活着回家 / 子弋著. -- 北京 ： 现代出版社，
2016.11

ISBN 978-7-5143-5339-6

Ⅰ．①活… Ⅱ．①子… Ⅲ．①中篇小说－小说集－中
国－当代②短篇小说－小说集－中国－当代 Ⅳ．①I247.7

中国版本图书馆CIP数据核字(2016)第270050号

活着回家

作　　者	子　弋	
责任编辑	李　鹏	
出版发行	现代出版社	
地　　址	北京市安定门外安华里504号	
邮政编码	100011	
电　　话	010-64267325　010-64245264（兼传真）	
网　　址	www.1980xd.com	
电子邮箱	xiandai@vip.sina.com	
印　　刷	北京一鑫印务有限责任公司	
开　　本	880×1230　1/32	
印　　张	6	
版　　次	2016年11月第1版　2022年7月第2次印刷	
书　　号	ISBN 978-7-5143-5339-6	
定　　价	35.00元	

故里乡情

　　窗外细雨蒙蒙，读完子弋的书稿《活着回家》，竟然心潮涌动久久不能平静。由子弋忽然想起许多关于卢氏的朋友。如果往高处攀，认识曹靖华和张世军，喜欢宋丽萍，我的老友史景品当过卢氏县委书记，表弟郑建英当过卢氏县长。文友就更多，张立波、高拾成、张书超、任耀榜，还有孟国栋和陈辉。一长串人名热乎乎火辣辣烧烤着我的感情。

　　这个子弋，竟然又是卢氏人，真是卢氏出秀才啊！

　　读过《活着回家》，温暖我的主要是故里乡情。我从他的叙述里，重新回到故乡一样，认识和重温了故乡的山水和亲情。他描写的生活我太熟悉，由不得读着读着会掉泪、会发笑、会叹息、会停顿下来思索……

　　让我吃惊的是，所有的作品，没有一部是表面化的、浅显的和直白的。可以说全部书稿从头到尾都在写人物的命运、生存的抗争和生活的艰辛。人物是鲜活的，生活是有味道的，故事是曲折而意外的，结局总是令人回味的。对于一个小说家而言，非常难得。

小说语言大凡分两类，一是书卷气，二是生活化。子弋当然属于后者。在这一类小说家中，大作家李准的语言为上品。虽然也是生活化的，但更加准确、精到和生动。显然子弋如果向上走，也还有许多提高的空间。

不过，也可以这样看，大狗叫小狗也要叫，一起叫着才热闹。大凡小说家，也只有极少数追求经典和不朽，绝大部分作家都图个写得快乐，说白了自己哄着自己玩。自古如此，中外如此。如果这么说，子弋就是成功的作家。祝贺你，希望你进步和快乐。

丙申三月张宇

（张宇，河南省作家协会名誉主席。已出版《张宇文集》7卷；长篇小说《晒太阳》《潘金莲》《疼痛与抚摸》《软弱》《表演爱情》等；中篇小说《活鬼》《乡村情感》《没有孤独》《老房子》等；散文随笔《张宇散文》等；电视剧本《黑槐树》等。曾获国内各种文学奖。并有作品译成英、法、日等文字介绍到海外，曾担任河南建业俱乐部董事长，2009年推出足球打黑长篇小说《足球门》。）

目　录

择日宣判

别说半年多，就是两个月，华紫雨肚子也等不了。梁辛墨看过这类的报道，如果孩子生下来，他和华紫雨的事情就彻底坐实了，就可能构成了重婚罪，判了刑他就什么也没有了。即便是李月仙不去告他，如果有谁举报，被纪委掌握了情况，以通奸的名义撤销他的职务，那他辛辛苦苦二十多年取得的这点前程，也就彻底玩完了。

1

梁辛墨来到法院，就摇身变成了怨妇。他先是见了主管民事的副院长，副院长把他交给了民事庭长，民事庭长又把他转给了法官郑泽明。面对这三个人，他分别诉说了一遍自己不幸的婚姻和离婚的决心，苦水越倒越多，决心也越表越坚定。晚上，他在快活林酒店做东，请副院长夫妇、庭长、郑泽明吃了饭，推杯换盏，掏心掏肺，借酒抒怀，直至涕泗交流，一副苦大仇深、终于找到组织的模样。

副院长夫妇和庭长显然是管杀不管埋的主儿，谈笑自如，只有郑泽明面带几分郑重之色，从举止、神态到说话的分寸，都和他保持着不远不近的距离。

酒宴散去，副院长夫妇和庭长各自乘着自己的座驾离去，自然把郑泽明留给了他。进了所住的小区，郑泽明道谢下车，被他拽住，司机小郭立刻消失了。他拿出备好的红包塞进了郑泽明口袋，郑泽明像被火烧着了一样，立即掏出来，正色道："这可不行！梁局长，你是院长的老同学，我一定会尽力的！"

梁辛墨显出十二分的诚恳："一点心意，千万不要有什么压力。这事成与不成，我都想交老弟你这个朋友。该怎么周旋，我都听老弟的。"

郑泽明简要分析了一下梁辛墨的案情，然后说："现在的离婚案件，没有法定的理由很难判离。你这种情况，确实很有难度。"

趁着说话的当口，郑泽明的注意力似乎降低了，他再次把红包塞进了郑泽明的口袋，郑泽明再往外掏时，被他按住，赶紧问道："那该咋办才好？你有经验，帮老哥想想办法！"

郑泽明迟疑了一下，说："你的事最好找个律师，让他来具体操作。对你有利的事实和理由让他讲出来，一是可以给对方压力，二来我也好为你说话。"

他让郑泽明给他推荐一个，郑泽明说："魏太平吧，他的办法多。"

2

魏太平看上去不到匹十岁，白脸，细眉，寸头，一看就是精明能干的主儿。梁辛墨听说过大名，只是未见其人。他显然没有法官好糊弄，听了梁辛墨精心讲述的故事，露出狡黠的目光来，只坏笑，不说话。这反倒让梁辛墨心里踏实，暗叹郑泽明推荐的律师确有几分道行。

等梁辛墨住了口，魏太平才起身从办公桌后走出来，请他在根雕茶台前坐下，打开冷藏箱，说我这儿有大红袍、祁红、金骏眉、信阳毛尖、竹海金茗，你想喝点啥？

梁辛墨说随意，魏太平这才用玉瓷盖碗沏了一泡铁观音，洗茶，泡茶，倒茶，敬茶。喝过第二道，魏太平停下来，说："根据你现在说的这些情况，都是夫妻之间的鸡毛蒜皮，即使我是法官，也不会判你离婚。"

梁辛墨笑笑说，副院长、庭长、郑泽明都愿意帮忙的。

魏太平一针见血："我知道你和主管院长的关系，但这远远不够。这些关系只能让他们产生帮你的意愿，但要让他们真正地帮你，还必须要让他们有帮你的办法。既能帮了你的忙，还不违背法律规定，经得起推敲。任何法官都不会为了帮你，打伞顾不住伞把，做出违背原则的事情来。除非他打算办完你这个案件，就回家抱孩子玩了。"

梁辛墨又笑了："我就说嘛，郑法官介绍的律师，绝不是等闲之辈。采用办法就得看魏律师了。"

"不那么简单！"魏太平立即把自己撇清，"一切办法都要以案件的事实和法律的规定为前提。你如实告诉我相关离婚的真正原因，我才有可能想出适合你的办法来。"

梁辛墨又是一笑，一副豁出去的表情，说他在外边有了女人，并且他老婆还知道了一些情况。

魏太平这才满意地笑笑，不再说话。梁辛墨从那眼神中看到魏太平已经成竹在胸了，就请教应对的办法。魏太平却不着急，又追问，有没有被捉奸在床？你老婆有没有掌握证明你们关系的信件、短信息、聊天记录？梁辛墨都回答没有。他不会傻到连屁股都不知道擦的地步。

魏太平才说："这就好办了。你老婆知道你和情人的事，肯定会在法庭上大肆渲染。如果她没有确凿的证据，就只能算是捕风捉影，根本不能证实你有情人。我们就可以说她生性多疑，对你缺乏起码的信任和尊重，严重损害了夫妻感情。如果她掌握了确凿、充分的证据，能够证实你确实有情人，我们就可以说你有第三者插足，对方不能原谅。这两种结果都符合最高法院确认夫妻感情确已破裂的条件。这就是说，只要她在法庭上提到你这件事，就将她置于两难之下，都可以作为判决离婚的理由。而你却进退有路，不管怎样都可以达到离婚的目的！"

魏太平的话如醍醐灌顶，令梁辛墨茅塞顿开，但他还是立即意识到了另一个问题，能不能证实他有情人，与案件的处理结果有没有影响。

魏太平说："当然有！如果证明你有情人，那么在分割财产时，就会倾向无过错一方。如果你不想破财，就必须收敛一点，别在案件审理期间，被对方抓住了尾巴。"

梁辛墨笑了笑，说明白了，律师费是多少？魏太平说免费。梁辛墨不动声色地看着魏太平。魏太平果然还有下文："你们城建局是不是需要一个法律顾问？"

3

晚上，梁辛墨请魏太平吃饭，魏太平约了郑泽明过来。郑泽明从不多话，却喜欢和魏太平斗嘴，还都是他事先琢磨好了首先挑起，结果却总是他占不了便宜。他看一眼梁辛墨说，律师怎么和鸡一样，谁给钱就给谁干哪？魏太平自然不吃素的，说那也比法官强，给钱干，不给钱也得干。两人相视哈哈一笑，魏太平便进入正题，推演了自己的思路，并盯着郑泽明，让他表个态。郑泽明说："如果不出意外，应该没什么大问题了。不过……看具体情况再说吧。"

梁辛墨对郑泽明的印象是，这家伙有点油，总要给你自己留下退路。

4

梁辛墨近来梦魇缠身。迷迷糊糊进入一个梦境才能入睡，醒来时也是从另一个梦境中稀里糊涂地出来，不管是几个小时，还是几分钟，哪怕只是一恍惚，都置身梦中。梦到的是什么他也说不清，只感觉醒来时比没睡着前还要累。

不做梦还能睡着的时候也是有的，那是在华紫雨的床上。这样的睡眠才算是休息，一觉醒来，能让他感到四肢充盈，精神抖擞，整个儿身心愉悦。他说，我是漂泊的舟船，你是我的港湾。每当听到这话，华紫雨就会把他的头抱在怀里轻抚着，让梁辛墨像摇篮里的婴儿一样甜蜜。

下午，魏太平电话告诉梁辛墨，案件已经立了，而且庭长已将案件分给郑泽明承办，一切都在掌控之中。他拿起电话，想把这个消息告诉华紫雨，却没有拨出，迟疑到这时才打过去。

华紫雨却一下沉默了。这与梁辛墨的预想反差很大。听到盼望已久的消息，华紫雨不应该只是这样的反应。

电话的那一端终于传来一声轻到不能再轻的叹息，那叹息稍不经意就会被忽略，而梁辛墨还是确切地捕捉到了。

"我是不是一个坏女人哪？"

"当然不是！"梁辛墨的语气不容置疑，尽管此刻他的心已被异常的茫然占据着。

"难为你了，"这才是他熟悉的声音，如清风，似丝雨，可以轻抚着他，浸润着他，"你一定很累了，歇会儿吧。"

梁辛墨这才意识到自己已经不堪重负，就像再有一根稻草就会被压垮的骆驼。华紫雨的话像催眠一样，将他轻轻托起来，放倒在套间里的床上。他依旧紧握着耳边的手机，似乎一放下来，就会瞬间失去了那魔力一般。这张床是他今天刚刚让人买来的，躺上去很是舒适。电话那一端又适时地传来那幽幽的声音："我也想躺在新床上。"

如果在平时，他一定会血脉偾张，立刻做出回应，恣意缠绵一番。每当他们这样通话，手机不但可以消除世间的一切距离，让他们真切地感到彼此的存在，而且能够被对方的激情所点燃，释放出销魂的快感。不知多少次，他感觉到自己的灵魂已经出窍，放浪在茫茫天际，与华紫雨那欲仙欲死的高潮相互交融，最终合二为一。这一切让他们沉醉，痴迷。

此刻他却无法集中精神，陷入莫名的迷茫之中无法自拔。尽管所有该做的工作都已尽力了，但他对案件的结局依然缺乏清晰的预见，更没有决胜的把握。没有把握的事还必须去做，这不免使他感到有些无奈。他很清楚，自己的婚姻早已成了一潭死水，令他窒息，只有终结了这场婚姻，才能使他得以解脱。让他不安的是，在今天真正提起离婚诉讼的时候，他隐隐地觉得事情远非那么简单，但究竟复杂在哪里，会是怎样的复杂，他并不知晓。也正是因为他的不知晓，他才这般迷惘。

"哥，怎么啦？"华紫雨已经感到了他的心不在焉。梁辛墨也意识到了华紫雨的反应。对于华紫雨来说，这无疑是一种冷落。她最近似乎变得有些多疑，甚至问过梁辛墨，对她的感情是不是已经趋于平淡了。这让梁辛墨时时警惕着，处处赔着小心。

他正想安抚一下华紫雨，手机提示有电话打进来了。他一看，是父亲的，就说我爸又打来电话了，我得接一下。

"好，"华紫雨有点担心地说，"你千万别冲动，好好给他说话，可不许你顶撞他。万一把他气病了，你后悔就晚了！"

"嗯。我一会儿再打给你。"

5

父亲总是那么倔，不接听就一直打下去。梁辛墨知道父亲要说些什么，无非是再骂他一通陈世美，说把他的老脸都丢尽了，如果他真要和李月仙离婚，就当没生下他这个儿子等等，再拿他母亲的那几句遗言找他说事。他母亲临终时咽不了气，说若让她

7

孙女遭了后娘，她是不能瞑目的。

　　他叹了一口气，平复了一下情绪，接通了电话。父亲的声音出奇的平静："我请张先给你算了，甭看月仙没啥能耐，对我老两口也就那个样子，可她是你的福星。你要真是离了，就会倾家荡产，说不定还有牢狱之灾！"

　　他不禁哑然失笑。父亲为了拿捏他，连村里算命的张瞎子都搬出来了。真是睁着明晃晃的俩眼睛，竟然去向瞎子问路，就连李月仙还都成了他的福星！他想质问父亲，你知道我有多长时间没和李月仙同过床了吗？你知道我有多长时间没和李月仙说过话吗？你知道我有多长时间没正眼看过李月仙一眼吗？世上有这样的福星吗？但他还是忍了。尽管是父子，但有些话还是不便说，何况说了也是白说。他想告诉父亲法院已经立案了，但也忍了。不是他想瞒着父亲（反正李月仙收到法院的传票，就会向父亲告状的），而是不想让父亲一下转不过弯，晚说一天，也许父亲还能少一点煎熬。他只说了句："爸，我已经四十岁了，你让我自己做一回主，行不？"

　　父亲没有立即回话，似乎在掂量着分量。这让他感到了一丝希望，也许父亲会被他说动的。再怎么说，毕竟父子情深。

　　父亲显然不死心："我知道你翅膀硬了，儿大不由爷！你回来，回来给你妈扫扫墓。"

　　"我这段时间很忙，真的，过几天吧！"

　　"不行！再忙也得回来！"

　　梁辛墨有点想哭。

6

　　挂了父亲的电话，梁辛墨发现华紫雨已经发来了信息："我先睡了，你也早点休息。吻你！"

他感到困倦，正要关闭手机，又有电话打进来，是万世全。

万世全是他的贫贱之交。在他看来，万世全是他的人脉圈子里唯一适合当官的人。虽说现在只是发改委主任，但却在政协挂了个副主席，级别比他高了一级。多年来，他一直感到在自己的上层也有一个圈子，万世全就是其中的一员。虽说自己始终游离于圈子之外，而万世全就是架在他和圈子之间的桥梁，也是唯一可能把他拉进那个圈子里的人。

万世全喜欢和他深夜畅谈，尤其是在结束一场饭局之后，和他在一起瞎掰，上至时局变动，人事调整，下至趣谈杂闻，黄色段子，某个骚娘们儿暗送秋波，无话不谈。万世全在这时候来电话，定是又要约谈。若在往日，他自然会欣然前往，但现在他已打不起精神。他接通电话，不等万世全说话，就推说自己在市里，回来再联系。不料万世全来了一句"少扯淡！我在你门外，开门"，就挂了电话。

万世全肚子大，脑袋偏小，看上去上下两头尖尖的，就像梁辛墨儿时抽打的鸡蛋形宅螺。万世全黑着脸径直旋进来，拉过椅子坐下，不等梁辛墨关上门，冷硬的话语就像冰雹一样劈头盖脸地砸下来："梁辛墨！你发什么神经啊，离的什么婚！你的前途还要不要啦？作死啊你！"

梁辛墨笑笑，来了个四两拨千斤："有那么严重吗？不就离个婚，咋就和前途扯上了。"

"幼稚！告诉你吧，今天可不光是我要劝你，还有人让我警告你，不要后院起火。"

梁辛墨一愣，压压火气："警告我什么？"

"还能是什么？抛妻弃子，乱搞破鞋呗！"

>> 择日宣判

"放她妈的屁！他妈才是破鞋！"他在万世全面前用不着遮掩，直接动起了粗。

万世全换了个口气，说："老哥啊，一个女人玩玩就是了，你还认真啦？人家李月仙可说了，只要你不离婚，在外边怎么玩她不管。"

"她倒是大方！"梁辛墨不由一声冷笑，"世全啊，这回，我还真不是玩的。"

万世全像吐葡萄皮："完了，完了完了完了！什么女人勾了你的魂，迷了你的心窍啦？"

梁辛墨犹豫了一阵，像是不知从何说起，索性拿出手机来，打开一张照片，递给万世全。

"谁？曹，曹雪涵？！你那个初恋情人？"万世全看了照片，吃惊不小，但很快又转回了话题，"那更不行啦！当初她把你哄热乎了，却来了个人间蒸发，害得你死去活来的，你都忘啦？好马还不吃回头草呢，你还能在一个水坑里淹死两回？"

梁辛墨摇摇头，解释说她不是曹雪涵，只是很像。她叫华紫雨。

"什么情况？"

梁辛墨说："要是说起来，还是拜你所赐……"

7

三年前，龙在天公司要承包县城的改造工程，就其势力而言也在可选之列。让梁辛墨讨厌的是老板的做派，扛着市局领导牌子来压他，被他不软不硬地顶了回去。越是有来头的老板，就越看重自己的来头，越难打交道。那老板不死心，打探到他和万世全的交情，就找万世全讨了个情面。万世全的脸虽然不比市局领导的大，但他毕竟看惯了，喜欢，就捏着鼻子去赴了一次宴。

酒过三巡，老板支开了随从，递过一个银行卡，说里边有二十万。看到梁辛墨不接，以为嫌少了，又说，等事情办成，另有重谢。那嘴脸像是要称称梁辛墨的骨头有几斤，然后再以质论价。梁辛墨冷冷一笑，说若不是为了向万主席交差，这个饭我都不敢吃的，这钱我就更不敢染指了，就请您不要为难我了吧！

这一出刚结束，两个俗艳的美女就进来了，那架势恨不得直接把他架到床上去，来一个先奸后杀。梁辛墨忍着恶心，勉强碰了一杯酒，就借故告辞了。

他从包间里出来，正窝着一肚子的火，不想刚到走廊的尽头，一个服务员捧着一本书迎了上来，说梁老师，能给我签个名吗？他一摆手，正要走开时向那个服务员瞥了一眼，就一下被定住了。

曹雪涵？！他感到整个世界都停滞了下来……等他定了定神，才发现是自己看错了人，尴尬地问："你……你是？"

"我叫华紫雨，很喜欢您的书，想请您给我签个名，可以吗？"

梁辛墨这才看清，华紫雨捧着的书正是他的诗集《在路上》。他回头一看，龙在天的老板正站在不远处打量着。这可能又是一个圈套。他微微一笑，试探地问道，你喜欢那一首？华紫雨说，我最喜欢您那首《雪地上》。这首诗呈现的是一个等待的画面，是等待朋友，等待爱人，还是在等待一个机遇；或者是等待自己的梦想呢？让人遐想无限，最令人感动的是您所表达的那种执着……

梁辛墨再次被震惊了，不只是这个小姑娘真正懂诗，而是她和曹雪涵当时的解读几乎一模一样！此时此地，他显然不便久

>> 择日宣判

留，就接过书来签了名，对华紫雨说了声谢谢你能喜欢，匆匆离开了。

8

那首诗写在一个周末，当时天空正飘着大雪。梁辛墨高考落榜后在镇中学做代课老师。同事们都回家了。他在寝室里百无聊赖，就躲在窗帘后向外窥探，盼望着曹雪涵能够从他的窗前经过，以慰他的相思之苦。

曹雪涵是他同年级的语文老师，刚分配来的大学生。梁辛墨第一次见到曹雪涵就感到深深的自卑。曹雪涵是那么漂亮，每次从他身边经过，都能闻到齐肩秀发散发出来丁香一样的香味，这味道让他每个晚上辗转反侧，无限遐想。他听同事说，曹雪涵家在省城，父母都是干部，家境非常优越，本人又是科班出身的大学生，到这里来只是为了镀金，用不了多久就会高升了，与他这个寒门落第的穷秀才相比，有着天壤之别。他觉得曹雪涵就是他的一个梦，近在眼前却又遥不可及。

曹雪涵终于没有来，他看到的只是漫天的大雪和苍茫的大地，不觉感慨一番，信手写了这首诗：

你没有来，雪来了
约会被涂成苍白的等待
该失望该期待我搞不清
沉静地站着
目光冷的伸不出手

到落山的时候了

因为雪，月亮还不出来
我忘记了是在等待谁
却像礁石一样生了根
不能离开

我说
谁拔出我的脚我就跟谁走
却不愿意别人来
也没有人来

梁辛墨事后想来，曹雪涵和他的密切交往，正是从看过这首诗开始的。曹雪涵由喜欢这首诗，进而喜欢上了他的才气，最终喜欢上了他这个人。而他也是听了曹雪涵对这首诗的解读，才对她有了直观的认识，拉近了两人的距离。他们从遮遮掩掩到谈婚论嫁，一路走过来，眼看就要修成正果，曹雪涵却凭空消失了。

9

第一次见过华紫雨后，梁辛墨深感造物弄人，不但创造了和曹雪涵模样相同的华紫雨，还偏偏让华紫雨喜欢他写给曹雪涵的那首诗，让他觉得在冥冥之中，这两个女人似乎存在着某种关联。

像，太像了！模样像，神态像，举止像，连说话的声音也像！服务员的旗袍虽然廉价，却把那娇小的身材勾勒得玲珑有致，齐耳卷发下白皙的脸庞上那双眼睛顾盼生辉，淡色口红的唇微微翘起，一种说不清的妩媚。如果说曹雪涵带着几分青涩，华紫雨却更显出女性的知性与优雅。

13

梁辛墨暗暗慨叹，华紫雨为什么出现在那个时间，那个场合，彼此匆匆一见，又只能匆匆而别呢？看来命运之神是和他开一个不大不小的玩笑，给他留下一个美好的回忆罢了。

他没想到的是惦记什么就偏偏来什么！事过两天，华紫雨居然找到了他的办公室，给他来了个猝不及防，把他心中那点美好彻底摧毁了。当华紫雨志忑地表明龙在天公司公关部新任经理的身份时，他就像一口吞下了一个绿头大苍蝇，唯一的想法是把她立即赶出门去。

华紫雨显然还不会扮演自己的公关角色，一见梁辛墨拉下脸来，由谦和儒雅的"梁老师"变成了拒人千里的"梁局长"，便一下没了主意，一张小脸羞愧得通红油亮，淌下两串泪珠来。

原来那家酒店也是龙在天的产业。华紫雨大学毕业后找不到工作，又赶上父亲得了重病急需用钱，只好到酒店当了服务员。不怕贼偷，就怕贼惦记，她的美色很快就被盯上了。了解到她家的情况，老板主动借给她十万元钱，让她为父亲看病。老板没想到放出了长线还没来得及收竿，就撞上了华紫雨让梁辛墨签字的那一幕，顿时恍然大悟，原来梁辛墨喜好的那一口，是在华紫雨身上！

华紫雨当晚就被任命为公关部的经理，负责找梁辛墨签合同。如果办成，十万元借款不用还了。如果办不成，老板的原话是"以后就再也看不到你这漂亮的小脸蛋儿了……"

10

"还有这事？"万世全惊讶不已，很快就察觉到事有蹊跷，"不对呀，县城改造工程不就是龙在天做的吗？"

梁辛墨愣了一下，忙解释道："是啊，不瞒你说，不给他们做的话，我还真担心华紫雨受到伤害。"

"看来，你还真不是玩玩那么简单。"万世全不由感叹了一声，沉吟半天，才下了结论，"这里面八成还有事……唉！常言说劝赌不劝色，看来真是不假。兄弟，你自求多福吧！别送！"

11

开庭前二十分钟，魏太平打电话给梁辛墨，问他到哪了。梁辛墨说正在路上。魏太平又问，你和艾三有过节吗？梁辛墨问："谁？那个律师艾三吗？没有啊，我只知道他是律师，没什么交道的。"

魏太平说："不对，这绝对不正常，要不他怎么会接你老婆的案子？我在法院门口等你，见面再说吧！"

"据我所知，艾三从不办离婚案件的，"没等梁辛墨上车坐稳，魏太平就说，"我觉得这里边一定有原因"。

魏太平紧张的样子很快传染给了梁辛墨，他静了静气，才解释说："你知道在我们律师圈里，大家都叫艾三什么？眼镜蛇！这老家伙总是不露声色，轻易不出手，一出手就是杀招。我估计，他至少是掌握了你和你情人的铁证……不对，而且，还必定有重量级的人物请他出山，要不然他不会接你老婆这种小案件，何况还是离婚案件。"

梁辛墨的大脑迅速地疯转着，盘算着最坏的结果将会是怎样的。魏太平轻叹了一声说："看来你要出大血了！"

梁辛墨明白所谓的出大血，就是在分割财产上吃点亏。这样也好，反而能使他心安一些。他问："出了血，能判离吗？"

魏太平想了想，连迈了三个阶梯："应该能，能！当然能！"

>> 择日宣判

12

李月仙到得稍晚一些。她一改往日的模样，平日只是胡乱用皮筋在脑后扎个马尾，今天却精心挽了个发髻，画着淡妆，麻灰呢子上衣配着同色的齐膝短裙，黑色方根皮鞋，昂着头，挺着胸，悠闲自在地走进法庭，像一个来车间巡查的领班。身后的艾三刚好相反，低眉顺眼，无精打采，像没有睡醒似的。这让梁辛墨感到了不安，一下想起他父亲教给他的经验之谈：辣不过青皮萝卜紫皮蒜，刁不过仰脸婆娘低头汉。今天坐在对面的这两位，算是凑齐了。

郑泽明端坐到审判台上，庭审开始了。经过烦琐的几个套路，魏太平开始替梁辛墨宣读诉状。他为梁辛墨给出的离婚理由是李月仙在工作上不思进取，在家庭好逸恶劳；不敬父母，不关心女儿，不体贴原告，不善待亲友；且脾气暴躁，动辄辱骂原告及家人，殴打孩子。双方缺乏共同语言，几经亲友劝解无效，二人长期分居，双方均苦不堪言，婚姻已经名存实亡。故而要求离婚，抚养女儿，并合理分割财产。

魏太平宣读诉状的时候，梁辛墨一直盯着艾三，想从艾三身上窥探到一些端倪。而艾三微闭着眼睛，显得对一切都无动于衷，直到郑泽明提醒被告答辩，才迷迷瞪瞪地动了一下，就像刚从梦中醒来一样。艾三一字一板地口头答辩道：我的当事人认为原告所诉称的事实并不存在，对双方的矛盾夸大其词，所谓分居更是无中生有。原被告夫妻感情并未破裂，依法应当判决不准离婚。

魏太平对着梁辛墨的耳朵说，麻烦了！

果然，李月仙款款从座位上站起来，满脸笑容："就是嘛！两口子在一起过日子，哪有勺子不碰锅沿的？斗几句嘴就闹到法庭上，你说丢不丢人哪。咱还是回去说吧，别在这儿出洋相了，中不中？"这么说着，她已经离开了座位，作势要上来拉梁辛墨。

梁辛墨觉得头有点大。在他们长达十几年的夫妻生活中，李月仙从来就没什么主见，对他总是言听计从，现在却一下换了个人，这样的表现是他从来没有见识过的。

好在郑泽明敲了一下法槌，说："被告，请你坐下！这是法庭。"李月仙才返回坐下，还笑着说："就算法庭，说的不还是两口子的事？我们两人的事你们是不知道的，也就是我前几天说了他几句，惹着他了，他来你们面前使使小性子……"

郑泽明不理李月仙，继续调查双方的结婚时间，子女和财产情况。艾三立即提出了异议："建议法庭首先审查双方的感情是否已经破裂。如果不符合离婚的条件，就不存在财产分割的问题，查明财产状况毫无意义。"

魏太平立即反驳："庭审应当按程序进行。法庭对案情进行全面审查是必要的。"

艾三接过话题："如果法庭继续做这样的调查，那么原告怎么说都无所谓了，我的当事人没必要做出回应，反正又没打算离婚……"

郑泽明只好敲了一下法槌宣布："鉴于双方分歧较大，现在休庭，待合议庭评议后，择日宣判！"

13

出了法庭，魏太平就像斗败的公鸡，匆匆上了车。梁辛墨追了进去，魏太平苦笑了一下说："想不到眼镜蛇来了这么一手！"

梁辛墨不甘心，问下正怎么办。魏太平告诉他，这种情况法院肯定没法判离婚，要么催促法院尽快作出判决，法院判决不准离婚，他到期后再起诉。要么让郑泽明再多做一些调解工作，争取调解离婚，但他必须做出重大让步。

梁辛墨又问艾三会不会同意调解，魏太平说："放心吧，我敢打赌，他正等着你我呢！"看到梁辛墨还心存疑惑，魏太平进一步解释，"艾三掌握着你的把柄，却故意只字不提，极力造成你夫妻之间只有一点小矛盾的假象，让法院无法判决离婚，逼着你做出让步，与李月仙和解。除非你愿意再等半年多。"

别说半年多，就是两个月，华紫雨肚子也等不了。梁辛墨看过这类的报道，如果孩子生下来，他和华紫雨的事情就彻底坐实了，就可能构成了重婚罪，判了刑他就什么也没有了。即便是李月仙不去告他，如果有谁举报，被纪委掌握了情况，以通奸的名义撤销他的职务，那他辛辛苦苦二十多年取得的这点前程，也就彻底玩完了。华紫雨怀孕的事，他没敢告诉魏太平，一是怕打击魏太平的信心，二是不想更多人知道，担心节外生枝，造成不必要的麻烦。

"不过，这样也有一个好处"，魏太平又说，"你现在可以公开和华紫雨在一起了，以前怕老婆抓住把柄，现在不用怕了。我本来担心艾三要你出血，现在看来，艾三不是要你的血，而是要割你的肉。"

梁辛墨脊背发凉，但仍然不死心，追问还有没有别的办法。魏太平说："有！你若能把李月仙拿下，就可以给艾三这老小子来一个釜底抽薪。对付艾三难，对付李月仙就要容易得多。经过我今天的观察，李月仙应该是那种没有多少主见的人，艾三对她所做的充其量只是临时培训。你们毕竟是十几年的夫妻，凭你对她的了解，在她身上下下功夫，不管你怎么做，只要让她和你到民政局办个离婚手续，艾三就是有天大的本事，也是有劲使不上！"

梁辛墨突然觉得，好像不是他和李月仙在打官司，而是魏太平和艾三两个道士在斗法，而自己只不过是魏太平手中挥舞的桃木剑而已。

两人正说着，梁辛墨的手机提示有新信息。他打开一看，是万世全的，只有四个字："回头是岸。"

梁辛墨憋着气，想回复一下，但又觉得不好措辞，便放弃了。他咬咬牙，又对魏太平说："要不你找艾三谈一下，摸摸他的底，看他究竟想达到什么目的。"

魏太平说："行。不过，咱们分分工，我找艾三，你找李月仙。"

14

梁辛墨并不是没和李月仙谈过离婚的事，但李月仙油盐不进，他有他的千条计，李月仙有自己的老主意。她说，你就是把王母娘娘哄下来当丫鬟，我也不会和你离婚的。

梁辛墨最初把离婚的事提出来，李月仙出奇的冷静，不哭、不吵、不闹、不上吊，当然也不同意离婚。他好言相劝过，辱骂恐吓过，痛哭流涕哀求过，只要李月仙高抬贵手放他一马，答应和他离婚，怎样都行。李月仙回答说，只要不离婚，怎么都行。事情僵持了一个月，他终于黔驴技穷了。

三个月前，华紫雨告诉他已经怀孕两个月了。他再次给李月仙摊牌，李月仙仍然没得商量。眼看着华紫雨的肚子越来越大，他急得像狗过不去河一样上蹿下跳，李月仙还是稳坐钓鱼台，照样看她的韩剧，不断地给他重复着一句话：你在外边折腾够了，累了，就会收心回来过日子了。等你老了，你会感激我的。

现在魏太平让他去把李月仙拿下，实在是站着说话不腰疼。如果能拿下，还用得着起诉到法院，还用得着找你魏太平？

15

梁辛墨和李月仙从小住在一个村子，而且两家算得上是门当户对。梁辛墨的父亲是中学的总务，李月仙的父亲是供销社的会计。两人的父亲因为地位相当，关系自然也不错。在他们刚懂事的时候，两家大人就半真半假地订下了娃娃亲。李月仙初中毕业后，就因父亲的关系，在乡供销社当了售货员。梁辛墨考上县重点高中，高考落榜后回镇上当了初中的代课老师。

两家父母商量后就给他们订了婚，梁辛墨虽然不太满意，但他父亲说，你俩一块长大，知根知底。你妈身体又不好，月仙那孩子也能经常过来搭把手。这闺女不错，你就信你老子的话吧。李月仙手巧，给梁辛墨织毛衣毛裤，做点吃的用饭盒装了毛巾兜着送到学校来。梁辛墨本来不死心，结果爬得高摔得也响，在和曹雪涵的插曲之后，他对自己说，就这样吧。

接下来俩人的人生道路发生了变化。梁辛墨赶上公安队伍扩充穿上了警服，李月仙在家生孩子，村子里的人都说梁辛墨是双喜临门。梁辛墨工作积极，作风严谨，工作之余自考了本科文凭，还有几篇通讯报道在省级报纸上发表，很快从警员干到指导员、宣传股长、办公室主任、县物资局副局长、城郊乡乡长、文化局长、城建局长。身为局长的梁辛墨已经完全脱胎换骨。事业成功是男人最好的滋养品，他本来就仪表堂堂，人到中年更显得稳健得体，举手投足间更显几分儒雅倜傥。

李月仙却因供销社经营不景气下了岗，沾了梁辛墨的光，到文化传媒公司当保管，最后梁辛墨托了万世全，又让她进了档案局。每天上班之余，她在家里洗衣做饭，呵斥女儿做作业，每天对着韩剧泪流满面。她对现在的生活非常满意，自己以前的所有选择和努力都得到所期望的回报。这些都是她想要的，也是她应该得到的。

他们的话题越来越少，最后只剩下女儿了。提到女儿的种种表现，或者女儿的教育、健康、是否应该注射乙肝疫苗、是否应该当数学课代表，俩人的谈话才能超过十句。就连做爱也成了例行公事，按部就班，同样的时间，同样的开始，同样的体位，同样的过程，同样的结束，同样的感受。梁辛墨越来越感到索然寡味，常常半途而废。李月仙倒是不在乎，做，就做。不做，就不做。成功了，转脸就睡着了，不成功不转脸也能睡得着。梁辛墨在外面的风言风语，不免传到李月仙的耳朵里。本来梁辛墨还有几分心虚，李月仙却主动告诉他，说她妈说了，这种事不必大惊小怪，像他这样的男人，又有地位，又长得帅，又能干，没有女人不喜欢。要是在旧社会，必定是三妻四妾的。只要你对我好，顾家就行。又说她爸在供销社当个烂会计，还不是五哇六的？她妈懒得管，她爸老了不还是乖乖回到家里待着？

李月仙的态度曾经让梁辛墨感动过，媳妇不管再不怎么样，和他总是贴心的。俩人说开了，反倒没了顾忌。一次做爱的时候，李月仙居然问起了梁辛墨和别的女人的那事来，令他大倒胃口，一蹶不振。李月仙却不死心，再三挑逗，他意外地雄风再起，俩人都找到了久违的快感。之后他们如法炮制，和别人的那些故事，成了他们共同的伟哥。这样的情形持续了近半年。时间久了，梁辛墨似乎出现了抗药性，不再产生什么药效。李月仙却依然乐此不疲，玩着早已淘汰的游戏。

梁辛墨常常失眠：工作上的不顺利，单位里的钩心斗角，官场上的风吹草动，处心积虑的算计和防算计，都让他难以入睡。在他像烧饼一样翻来覆去的时候，枕边的李月仙正打着轻鼾，吧嗒着嘴，或者从梦里发出笑声来。每当这时，他都感到无边的孤独吞噬着他，使他体无完肤，肝胆俱裂。看看枕边人，这就是和我共度一生的女人吗？

李月仙也感到他们的话题越来越少，就没话找话和梁辛墨拉扯，开始的时候他还有一搭没一搭地应付，后来干脆就懒得接茬，最终就充耳不闻了。李月仙自说自话，也难免感到没趣，也就不再理他。

他渐渐成了出门喜、进门愁的人，下了班也不想回家，有应酬就尽量应酬，没应酬就和人神聊，找不到人聊的时候，就干脆出去散步，像一个孤魂野鬼，四处游荡。

梁辛墨知道，即使华紫雨没有出现，也总有那么一天，他同样会和李月仙分开的。

16

梁辛墨拿出电话，给华紫雨打了过去。因为魏太平的警告，他们已经有二十多天没有见面了。也不敢多打电话，避免留下什么把柄。今天开完了庭，无论如何他要给华紫雨通通气的，何况开庭是这样的结果。

华紫雨却不接电话。他再打，电话挂断了。他一下紧张起来，连忙又打了过去。华紫雨又挂断，发来一个信息：

傻妹妹，你以为他真的要和我离婚吗？我和他从小在一起长大，又过了这么多年，太知道他了。他就是做做样子给你看的，过不了几天就会扯（撤）诉。他以前的那些女人，都是好上几天就扔掉的。听姐的，别嗷（慀）了，好好回家过日子吧。要是想要钱，你说个数我让他给你。

很显然，这是华紫雨转发的李月仙发给她的信息。梁辛墨不敢消停，知道解释无益，忙驾车向华紫雨的住处飞奔而去。

17

万世全说的没错，有些事梁辛墨并没有对他说出来。

当华紫雨告诉梁辛墨龙在天老板恐吓她时，梁辛墨一下勃然大怒，拍案而起。华紫雨惊得花容失色，战战兢兢地站起来，向门外溜去。梁辛墨叫她回来，说他出十万元给她还账，她更是六神无主，不知怎样应对。梁辛墨说这钱是借给她的，等她有了钱再还，而且不附加任何条件，她仍然不知所措。梁辛墨问她银行卡号，她就拿出银行卡，报了卡号，木木地出来，连句谢谢都没说。直到走到了大街上，她还没明白到底是怎么一回事。

梁辛墨当时也是一时冲动，放出了大话。等到转钱给华紫雨的时候，还真有点后悔了，只是觉得一个大老爷们儿，不好把拉出来的屎再坐回去，只能慷而慨之地给了华紫雨。

三个月后，臂戴孝箍的华紫雨见到他就深深地鞠了一躬，说是代父亲谢谢他，然后拿出二万八千元钱和一张七万二千元的欠条，说剩下的钱一定会还给他。梁辛墨收了钱，拿起欠条看了一眼，就随手撕了，说我相信你。

华紫雨不由动容，说梁老师，我想请您吃顿饭，请您一定不要拒绝。梁辛墨也不推辞，就带着华紫雨来到了一家牛肉面馆，要了一大碗烩面，吃的满头热气。华紫雨过意不去，说自己已经找到工作了，不用这么省钱的。梁辛墨一乐，说你请我吃饭，当然是要让我吃我喜欢的。我吃舒服了，才不会枉费了你的盛情。

这以后，梁辛墨每个月都收到华紫雨的汇款单，面额一千元、一千五、两千、三千五、五千不等。他总是把汇款单复印一下才拿去兑付，直到他再没收到汇款单的那个月底，才算了算，刚好七万二千。从此再没了华紫雨的消息，那些复印件常常被他拿出来，像看情书一样翻来翻去。

梁辛墨根本就没留华紫雨的电话。他是故意不要电话号码的，他怕，怕招惹出什么事来。他觉得这样其实也挺好的，能在心里给自己留一块净土，留个梦。谁知还是遇上了。也许，这就是他的宿命吧！

18

两人在一个招标会上不期而遇，已是一年零三个月之后了。华紫雨一身职业正装，见到梁辛墨时掩饰不住的兴奋。因为有同事随行，只是深深地看了他一眼，打了个招呼就匆匆在远处的座位上坐下，又不时探出头来张望。中途梁辛墨上洗手间，华紫雨追上来说，我住在521房间，就做贼似的逃走了。

那一夜，梁辛墨毫无睡意。如果错过了这个女人，命运之神绝不会再次垂青于他，给他第二次机会。华紫雨的房间就在下一层走廊的尽头，那扇门也许正为他虚掩着，但他却没有勇气去推开。窗外正下着大雨，酣畅淋漓，整个城市被湿气笼罩着。推开窗户，清新湿润的空气让他身心舒畅了许多。他告诫自己，今晚无论如何要坚守下去，如果明天对华紫雨的感觉还是这么强烈，他就立刻向内心妥协，跨出这无法预知的一步。

第二天，他似乎轻松了许多，强迫自己按原计划乘车返回。

车子出了城，就要进入高速路口时，他突然让司机小郭把车停下来，自己驾车折回了宾馆——他要赌一把。他对自己说，如果华紫雨已经离开宾馆，就当什么也没有发生；如果华紫雨还在，那就是命运的安排啦！

门是虚掩着的，就在他推开门的那一瞬间，果然看到了华紫雨。华紫雨背对着他看着窗外，头也不回地说："你不是走了吗，又回来干吗？"

这样的局面整个把他击溃了，他好像一下子不知道是期望这样场面的发生，还是担心这样的场面出现，两腿开始发软，目光游离不定，像一只迷途的羔羊，手足无措。

梁辛墨事后多次追忆这一幕，却一直不能确定是他先扑了上去，还是华紫雨先回过头来，只记得华紫雨泪流满面，他把华紫雨拥在怀里，两人疯狂地亲吻起来，眼泪流在了一起。当他正要展开下一步的进攻时，华紫雨却把他推开了，像一只受惊的小鸟，用委屈的语调说："你怎么能这样对我？你对我还不了解呢，怎么能这样！"

他想说，有必要吗？但话到嘴边变成了对不起。当他犹豫着试图放弃的时候，华紫雨已经再次扑进了他的怀里，不让他分离，也不容他妄动……他抱起她，吻她，体味着她的娇喘，还有那淡淡的丁香花的味道。

也许是太久的期待或者是过度的兴奋，使梁辛墨表现出与其心智不相符合的笨手笨脚，在他勉强占领那块他心目中的圣地的时候，他听到了来自梦境般的声音——"你……是我……的了。"这使他如得神助，凸显出无边的法力来。一切都是那么的契合，又都是那么的出其不意，他梦里无数次出现过的女神，热情地迎合着他、呼唤着他、引导着他翻越过一个个巅峰之后，他们像两条被晾在岸上的鱼，已经无力挣扎，只剩下了垂死般地喘息。

销魂蚀骨！他的脑子里冒出这个字眼来，令他惊讶不已，幸福地战栗着。他感到自己就像一个小贼，不经意闯进了一座宝库，在耀眼的宝藏面前是那样地不知所措。过去的几十年简直是白活了！他搂着自己的女神，心底依旧波澜不息。那玉体的每一个部分都远远超越了他的想象，丝缎一般的皮肤，纤细的腰肢，丰满的乳房，周身散发出的丁香花儿一般的体香，一切都如此的完美！

接下来的三天时间里，华紫雨带着梁辛墨逛了几家商店，给梁辛墨买了两套西装，几件衬衣，配了几条领带，还有一件风衣，连内裤都换了几条新的。此前梁辛墨对衣着不甚讲究，一下找到了土包子开洋荤的感觉来，从试衣间出来，看到镜中的自己，一下变得气宇轩昂，至少年轻了十岁。纯棉质地的衬衣配条深紫蓝相间的领带，驼色的风衣简洁大方，显得低调而优雅。他不由暗暗地惊叹这小女人的水准。

"你太帅了！"华紫雨赞叹了一句，兴奋地拿出银行卡吩咐店员把衣服包好，对他说，"可不可以绅士一点，请我喝杯咖啡？我知道一家的卡布其诺味道很纯正。"

他们接连逛了小吃街、清王府，还有古萨寺。梁辛墨没有丝毫的疲惫，完全沉浸在华紫雨那聪颖灵秀和温婉体贴之中，让他有生以来第一次感到了什么才是热恋。

几次相见时难别亦难的幽会之后，华紫雨不动声色地辞了职，来到市里租房住下，才通知了梁辛墨。梁辛墨这才意识到华紫雨的那份真情，远比自己的想象沉重得多，他必须要有所担当了。

19

开门的是华紫雨的母亲，没等梁辛墨在诧异的脸上堆上笑容，她已经转身进了里屋。

华母显得比实际年龄年轻得多，虽然已经风华不再，也可以想象出她年轻时的美貌。梁辛墨第一次见到她，是在和华紫雨逛街的时候，看起来像是不期而遇，她给梁辛墨的印象是，像一个挑剔的顾客，上下打量了半天，最后嘱咐女儿早点回家吃饭，才款款走了。第二次是在华紫雨搬到临时租住的房子时，她看起来和蔼可亲，一张口全是做人的道理，像一个谆谆教诲的老师。这是第三次，她的表情异常冷硬，像电影里的公安。

华紫雨斜歪在床上。他软硬兼施才把那背对着他的头扭过来，满脸泪痕，红肿的眼睛说明已经哭过了很久。他的心一下被揪紧了，如果说刚才还只是想哄好华紫雨的无奈和压力，这时候就只剩下心疼了。他的鼻子阵阵泛酸，强忍着把不停挣扎的华紫雨抱进了怀里，不停地道歉："对不起！对不起！让你这么伤心，我真是该死！"

一直在一旁冷眼旁观的华母终于待不下去了，重重地叹了一口气，退了出去。

华紫雨渐渐不再拒绝，低声抽泣变成了放声大哭，哭声里充满了委屈。梁辛墨深知，如果在此时一味地劝解，其结果只能事与愿违，就一面轻拍着华紫雨的后背，适时加进几个湿吻，一边以鼓励语气说："哭吧，哭吧宝贝儿，哭出来就轻松了。"

华紫雨如他所愿地平静下来，睁开泪眼审视了梁辛墨很久，似乎仍然没有做出判断的信心。梁辛墨极力温存地抱着华紫雨，脊背却一阵阵发麻。他知道，这时候如果经不起这种审视，在目

27

光中流露出一丝的紧张或犹豫，他在华紫雨心目中的形象就会瞬间崩塌，就算他再做出什么样的努力，都将是徒劳的。

"你是那种人吗？"华紫雨的发问，意味着审讯的级别已经降低了。他明白，眼前的灾难即将过去，一下轻松了许多。

"怎么可能！你还不了解我吗？我这人如果打不定主意，根本就不会起诉的。她那样说……"

华紫雨打断了他的话："我说的不是这个，你真的在外边还有女人？"

梁辛墨当然知道华紫雨更关心的是这个。他之所以先说到离婚的态度问题，表现得那么紧张，就向华紫雨展示出了他对是否有女人的问题不值得辩驳，更容易把它说成是无稽之谈。并且想离婚是他的真话，说起来自然理直气壮，更容易让华紫雨信以为真。华紫雨相信了他的这些话，**警惕性自然就降低了**，有关其他女人的问题也就容易说明白了。

"你那么聪明，还看不出她故意在挑拨我们的关系吗？我是那样的人吗？"梁辛墨的声音里充满了愤慨和被误解的委屈。

"是的！你就是那种人！你能那么快和我好上，也会和别人好的！你能对别人弃之不顾，对我也难说不会始乱终弃。"华紫雨说着，眼泪又滚了出来，两串儿，像两把刀子一样划过梁辛墨的心。

他不由得暗暗叫苦。他为这个问题所设定的解决预案，显然草率了。华紫雨当然是冤枉了他，在他的心目中，任何女人都是无法和怀里的这个女人相提并论的，但这个辩解的理由打死他都不能说。他一时百口莫辩，涨红着脸，手脚忙乱，说话也变得语无伦次，最后就只剩下发誓赌咒了。出乎他意料的是，他的羞愤却使华紫雨会错了意，理解成是他因为受了冤枉才会这样狼狈，可以说完全是歪打正着了。华紫雨反过来开始安慰他，为自己的误会向他道歉，乞求他的原谅。当他如释重负地舒了一口气，对华紫雨表示谅解时，华紫雨却又耍起了赖，"就算我错了也是对的，就当给你打预防针了！"又说，"也不能全怪你，谁让我没有早点遇见你。现在的社会充满了诱惑，我只能宽大为怀，给你一个改过自新的机会了……"

门打开了，华母适时地出现在他们面前，原来她根本没有离开，一直在门外监听着。

20

"你打算怎么办？"华母直接切入主题。他连忙讲述开庭的情况，希望华母体谅他的难处，但华母要知道的不是这些，而是怎么个离法，离了之后如何安置她的女儿。

就在这时，他的手机不合时宜地响了起来。一看，是女儿的，只好接听了。听筒里传来女儿的哭声："爸爸！你什么时候回来啊？"他只好向华母说声对不起，走进另一个房间问："怎么了女女？"女儿告诉他，她饿了，妈妈在哭，不给她做饭。

梁辛墨心如刀绞，强压下怒火，说："女女别哭！爸爸在市里开会，这就让小郭叔叔带你去吃饭。乖！"

安顿好女儿，他接连舒了几口气，平静下来，才回到华家母女跟前，回到华母刚才提出的问题上，说出了自己的打算。

他在县里的两套房子，最好的结果是他和李月仙一人一套，如果实在不行，两套都给李月仙。他还有点钱，足可以在市区买个房子，安个家。女儿给李月仙带着，他出点生活费。

华母的脸色缓和了很多，对他的计划还算满意。没等他缓过劲，华母又问他，打算什么时候买房子。他说，现在他还没有离

>> 择日宣判

婚，买房不是时候。如果买了就算是夫妻共同财产，就得分给李月仙一半。不料华母却说，那好办，房子买了登记在小雨名下就行了。他说这是应该的，他也是这样打算的。

"那好，你专心办好离婚的事，不用管了。我俩正好没什么事，你把钱给我，我们到处看看，遇着合适的就买下来。"

华母步步紧逼，让他感到了强烈的被迫感，明显是对他缺乏信心。他看了一眼华紫雨，希望华紫雨能够给他解围。华紫雨果然心领神会，说："妈，你咋能这样啊！"不料华母却不容置疑，冲着华紫雨就来了："我咋样啦？反正房子不落到实处，我不放心！"

"有啥不放心的？"

"你懂个啥？快三十的人了，现在工作没了，连个窝都没有，以后咋过日子啊！"

"咋就过不了日子啦？就是跟着他去要饭，我愿意！"

"你愿意我不愿意！我还指望你给我养老呢……"

梁辛墨再看华紫雨时，华紫雨已经不再和他对视了。看来她对母亲的态度已经认可了。他尽管心里不舒服，嘴上还是对华母说，好的，那就辛苦您了！

21

梁辛墨背着李月仙存了不到五十万，都是那些灰色收入。另外还有一百万，一直放在老家的储藏室里，别人不知道，他从来没想动过。华紫雨过来时他给了一个二十万透支额的信用卡，前几天刚刚还了十几万，满打满算也就只有三十多万了。他算过，在市区买个差不多的房子，需要七十万左右，加上装修、买家具，需要百十万。要想在市里安家，他只能动用那一百万了。

这一百万是他向龙在天的老板敲来的。就在听了华紫雨诉说了被龙在天老板威逼利诱之后，梁辛墨像是鬼使神差，决心要教训一下这个混蛋。他送走华紫雨，就通知龙在天老板来到了他的办公室。

梁辛墨把老板带来的一男一女两个随从赶出门去，不等老板说话，就直接说道，工程可以给你们来做，不过我有两个条件。

老板备感意外，忙说：您说！不，您尽管吩咐！

第一，少赚点钱，别他妈的太黑！如果偷工减料，给我整出个豆腐渣工程，从我这里你一个子儿也别想拿到！

老板诚惶诚恐，赶紧应下。

梁辛墨又说，第二，一百万，现金，今天晚上十点以前，放我车里。说着把车钥匙扔在老板面前的茶几上。

一定一定！老板的汗都下来了，说梁……梁局长，以前兄弟有什么得罪之处，请您多多包涵！

梁辛墨说，那个华紫雨是个好姑娘，我不想有人伤害她。

不敢，不敢！

梁辛墨拿到那笔钱后，开始还如坐针毡，对于工程的质量和进度更是丝毫不敢马虎，当然对老板也客气了许多。好在结局令人愉快，各方都比较满意，他才踏实下来。

现在想起来，多亏了还有这一笔钱。今后要给女儿生活费，还要养华紫雨和就要出生的孩子，仅凭工资显然是不够的。现在风声又那么紧，灰色收入很难再染指，就只有靠剩下的三十来万补贴家用了。他觉得自己一下子又变回了穷人，就开始为钱发愁了。

22

待母亲离开，华紫雨才问起案件的进展情况。梁辛墨把情况简要说了一下。华紫雨沉默了半天，才问，那怎么办？他说，看现在的阵势，恐怕法院不会判离婚。如果等孩子生下来，就可能要面对重婚的刑事责任，局长的位子不保还是小事，恐怕还要进去待一段时间。华紫雨更加紧张起来，又问，那咋办？他说，恐怕只有一个办法，把孩子做掉。

不行！华紫雨几乎跳了起来，绝对不行！你若再打孩子的主意，我就死给你看！

华紫雨的话让他明确地知道了此路不通，同时也等于向他表明了跟他到底的决心，这反倒使他感到一丝欣慰。其实在这之前，他并没有想过要将孩子做掉的事。他这么对华紫雨说，只是想试探一下。华紫雨在刚才母女俩争吵中的表现，让他多少有点寒心。

现在看来，只能走李月仙那条路了。不过火烧眉毛的是，先得把华紫雨母女的窝安好。

23

梁辛墨的老家在秋凉镇上的竹园村，土改时他的爷爷、奶奶和父亲分了两孔窑洞。直到他上初中的那一年，父母才在镇上买了四间瓦房，外带二十来平方米的小院。因为是外来的单门独户，他父亲总是出门矮三分，凡事都要让着别人。他从小就有些胆小、敏感，躲着人走路，和别人一说话，脸先红得像猴屁股一样。他最怕父亲，总觉得父亲是非不分，对他格外的苛刻。明明是自己好端端地被别人踢了一脚，还要被父亲揪着去向踢他的人道歉，理由是他的骨头太硬，碰疼了人家的脚指头。好在他学习好，由此尝到了甜头，他才知道成绩好是可以得到老师表扬和同学羡慕的，父亲也会在几天内不再训斥他，他就可以不必再低人一头了，因此学习格外卖力，越卖力成绩便越好，他因此才慢慢挺起胸来。他一步步走过来，直到当上了局长，也从来没听到父亲一句表扬的话。他也习惯了，对于父亲来说，不批评就已经是在表扬他了。

父亲一直住在乡下，在母亲死后，他曾接父亲住到了他家，但没几天父亲就回来了。父亲的理由是他住不惯城里，梁辛墨知道更重要的一层原因，就是和李月仙处不来，但这一层纸谁也没去捅破。

24

梁辛墨刚进门，就被父亲一声令喝，在母亲的遗像前跪下了。

"你对你妈说，到底还离不离婚！"父亲手执笤帚，大声地呵斥着。

在梁辛墨的记忆力里，母亲一直都是病恹恹的，直到十年前去世。面对已故母亲，梁辛墨自然不能说非离婚不可的真话，也不能说他不再离婚的假话，只好默不作声。

"说！"父亲早已耗尽了耐心，口到手到，一笤帚打了下来。

他已经二十年没挨父亲的打了，不禁放声大哭，不是因为疼，而是无法承受那满腹的委屈。

"爸，你就抬抬手，让我做一回主，行不？"

父亲一甩手，把笤帚扔出老远，追问道："咋啦？还真想当陈世美啊，你就不怕那三尺铜铡！"

33　　　　　　　>> 择日宣判

梁辛墨是秀才遇着兵，不想再和父亲争辩下去，只好硬着头皮，任由父亲控诉下去。父亲说累了，才擦了一把老泪，走进了厨房，一会儿端出一碗面条来，墩在他的面前，转身走开了。

梁辛墨默默吃完面条，来到储藏室，打开墙角的破衣柜，从里边拿出一个人造革的箱子，装进小车的后备厢里。那箱子流行于二十世纪九十年代，还是他到县里工作时李月仙买给他的，因为过时无用，被他用来藏钱了。

父亲一脸"儿大不由爷"的无奈，连他临走打招呼也没有应声。

25

小车刚驶出村子，魏太平的电话就来了："有一个坏消息，一个好消息，你先听哪个？"

梁辛墨说听坏的。

魏太平说："我和艾三谈了，他说李月仙把你的一些灰色收入都记在日记本上，有具体的时间、来源和数额，一共二百多万。我分析，她可能要以此要挟，对你漫天要价……"

梁辛墨一哆嗦，车子差点冲出路外，连忙一脚刹车把车停下来。想不到李月仙这臭娘们居然还有这么一手！而且她记录的居然是二百多万，也就是说，就连龙在天的那一百万她也是知道的，如果不算在其中，就不可能有那么多了。他稳住了神，才问："那好消息呢？"

魏太平说："我们可以给艾三下个套，来他个请君入瓮。"

"怎么讲？"

"你知道敲诈勒索罪吗？简单地说，就是利用别人的把柄相要挟，索要财物的行为。艾三和李月仙既然是想以此狮子大张口向你要钱，你只要把他可你要钱的过程录个音，就等于拿到了艾三敲诈勒索罪的证据。然后再复制一份给艾三送去，他老小子就得乖乖地听我们摆布，李月仙就没有了主心骨，大事可成矣！"

他想了一下，又问"那李月仙会不会把记录交出去？"

魏太平说："不会不会！艾三肯定会阻止的。你想啊，如果记录交出去，你被追究了刑事责任，这些钱就是赃款，有多少都会被没收，李月仙什么也得不到。到那时你坐了牢，她就得独自抚养你女儿，损人而不利己。艾三不会让她那么做。更何况我们抓住了艾三的尾巴，他肯定担心你的事闹大了，你自然会把他向你敲诈勒索的事兜出来，大火就会烧到他的屁股上。他才没那么傻，为了一个案件把自己搭进去。所以他一定会投鼠忌器，反而会拼了老命也要按住李月仙的。他按住了李月仙之后，就会劝她见好就收。这就等于在帮我们办事，这个案件就很好处理了！"

梁辛墨说："我们一会儿见个面。"

26

艾三如约来到紫藤茶社的包间里。坐定，梁辛墨直截了当，说我净身出户，两套房子都给她，家里的存款也给她；女儿她带着，我出生活费。行不行？

艾三呷了一口茶，细细地品味着，说："这茶不错。咱说好了，今天我埋单。"

梁辛墨也不接艾三的话头，说："艾律师，这回我彻底领教了！我局里需要一个像你这样的法律顾问，费用多少，你说了算。"

艾三一笑："谢谢梁局长的好意，但我正办着你妻子的案件，这样做是违反职业操守的。"

"那就等案件结了之后签合同，我说话算数。"

　　"那就更不行了。这样的话会让我的当事人认为我和你做了交易，我必须避此瓜田李下之嫌。"

　　梁辛墨静了静气，咬咬牙："那你直说吧，我给你多少钱你才能帮忙？"

　　艾三："一百万。"

　　"一百万？"梁辛墨笑了，"你没开玩笑吧？"

　　艾三又呷了一口茶，说："你别误会，这钱是给你妻子要的，我不取分文。"

　　梁辛墨迟疑一下："艾律师，你也太狠了吧！我哪还有钱啊？你总不能让我去贷款吧！再说我去贷款，银行也得给我啊。"

　　艾三从包里掏出一个日记本，递给梁辛墨："根据你妻子提供的记录，这个数额是合理的，最起码你应该力所能及。"

　　正是李月仙的日记本。这本子还是梁辛墨在订婚时送给李月仙的礼物之一，却被她派上了这么个用场！他控制着情绪，故意问道："这是什么？"

　　这句话是魏太平再三叮嘱他必须问的，是证明艾三敲诈勒索的关键。不料艾三却说，"你看了就知道了。"这个老狐狸！

　　尽管魏太平早就告诉他日记本记录的是什么，但打开看时，他还是不由得双手颤抖。记录如此之详细，是他所始料不及的。太可怕了！这女人太可怕了，居然早就对他留了后手。他妈的！她只记着贼吃肉，怎么不记贼挨打？我送出去的钱就不算数吗？但这样的话是不能说出来的，尤其是当着艾三的面。他静了静气，问："艾律师，我给她一百万，你们就不举报了，是吗？"

　　这句话也是魏太平交代的关键，一定要问的。

　　艾三连忙纠正："这话不对！举不举报是李月仙的事，与我无关。她只委托我代理离婚案件，我要做的，只是把她的利益最大化。"

他的如意算盘再一次落空了，但仍不死心，又说："艾律师，我还有一点不明白。你们律师发现了某人犯罪却不去揭发，算不算包庇犯罪啊？"

"呵呵！这个才真正是你的问题！"艾三一字一板地侃侃而谈："魏太平没有给你讲过吧，律师没有将自己在办案过程中接触到的犯罪事实进行举报的义务，也没有这个权利。这是我国法律的规定，也是国际通行的律师准则。"

梁辛墨彻底认输了，只剩下了一个问题："这个本子你是要给我吗？"

"是的。"

"那你把这个本子给了我，如果我回头不认账，你怎么向李月仙交代？"

艾三意味深长地一笑，反问："你会吗？"

梁辛墨："你说呢？"

两人相视而笑。笑罢，艾三说，你可以把录音删除了，我又没有敲诈你，留着也没用。梁辛墨面红耳赤，把手机交出来，几个衣袋都一一翻出来，以正清白，说："你自己看看，我哪里录音啦？在你眼里，我就那么下作吗？"

艾三笑笑，走了出去。目送艾三已经走远，梁辛墨忙把茶桌下边用胶带粘着的录音笔扯下来，迅速塞进了衣兜。

27

梁辛墨思虑再三，如今只剩下一条路了，回家。

他家住在文化局家属楼，三室两厅，一百三十八平方米。是他担任局长时文化局的集资建房。当时地皮是局里购买的，作为福利建起了房屋，等于只出了建筑成本价，一共八万六千五百元，加上装修，不到十二万他就住了进来。现在房价上涨得离谱，这套房能值四十万。他另外还有一套两室一厅，六十二平方米，是在当物资局副局长时单位分给他的公房，后来住房改革他花了一万多元买过来，现在租给了别人。

他把时间拖到了夜里十点半，这个时候不会撞见熟人，避免尴尬。但他似乎还不放心，走起路来鬼鬼祟祟的，像是去偷情似的。锁子没换，他的钥匙还能打开。一切都是那么熟悉，每件家具、每张壁纸、每块地砖都是他选好买来的，现在却是那么陌生，似乎与他无关了。李月仙听到动静穿着睡裙从卧室出来，看到他不由得"咦"了一声。

梁辛墨像一根腐朽的木桩，"咚"的一声跪下了，惊得李月仙张大的嘴巴无法合上。李月仙冲上来，拉他起来，被他拒绝了。他说："看在女儿面上，给我一条活路吧！"接着便放声大哭。那哭声不像是他的，又尖又细，连他自己都吓了一跳，连忙用手把嘴堵上，发出呜呜的哀鸣。李月仙一下被镇住了，拉着他起来，说，有话好好说。他止住了哭，背过脸去，用力擦了一把眼泪。

他坐在李月仙对面的沙发上，看着眼前的这个女人，说不出的陌生，十几年过去了，自己好像从未真正认识过她。最后说："家里的房子、你手里的钱都归你，我现在就剩那 100 万了，再给你 50 万，看在女儿面子上，给我留条活路，行不？"

李月仙迟疑一下，嘴巴张了几张，才说："算了，你也不容易，好合好散吧！"

他鼻子一酸，眼泪再次夺眶而出。这是他连日来听到的唯一一句贴心的话。

"今晚你不要走了，在家再住一夜，明天我就和你去办手续！"

他觉得确实好累，这么晚了，也走不动了。李月仙给他的承诺，让他觉得所有的一切都已尘埃落定，所有的煎熬总算到了尽头，感到从来没有过的轻松。李月仙的眼里，充满了热辣辣的期待，原来还是温暖的。他顺从地跟着李月仙进到卧室，李月仙已从后面抱住了他。他的心里只剩下了疲倦。

梁辛墨再睁开眼，已是第二天下午二点了，赶紧起床。昨天县委已经通知，下午三点有个廉政建设会议，还要做点准备。李月仙已经在等他吃饭。他本不想吃，但看着李月仙弄了一桌子的饭菜，不忍心拒绝，草草吃了几口，说等我开完会回来，一起去办手续。李月仙和平常一样，嘱咐他开车慢点。李月仙的平静让他感动，他甚至主动抱了抱李月仙。毕竟一起生活了十几年，还是自己对不起她的。

28

会场上，纪检委的李书记正在讲话，梁辛墨调成静音的手机突然嗡嗡作响，是华紫雨发的信息。他打开一看，不觉惊呆了，居然是他昨天晚上和李月仙躺在一起的裸照！李月仙一副挑衅的笑容……

梁辛墨赶紧溜出了会场，给华紫雨打电话，华紫雨挂断了。他猛然感到牙痛，嘴巴抽搐几下，胸口也跟着疼痛起来。接着他又收到华紫雨发来的一个信息：

"事实证明李月仙是对的，你并不是真正想离婚，你一边承

39

诺和我结婚，一边还继续和李月仙恩爱！难怪你让我把孩子做掉，原来就是为了甩掉包袱……我放弃一切投奔你，到头来只为当个小三吗……"

梁辛墨踉踉跄跄地向门口走去时，万世全追出会场，试图把他拉回去，却让他甩手挣脱了。万世全急忙在后面追赶："你去哪儿？这样重要的会议你中途离开，等于是往枪口上撞！"

梁辛墨充耳不闻，跳上车，向市里疾驰而去。李月仙！李月仙！既然你做出这样的事来，就不能怪我无情了。这一百万你一个子也别想要，我倒要看看你到底还能把老子怎么样！

29

华紫雨租住在距县城一百五十公里的市里，一个叫馨园的小区，地处宝塔苑景区，风景秀丽如画。站在西边的凉台上，可以看到滚滚的黄河。华紫雨安装了一个双人吊篮，喜欢和他在上边相拥着白日说梦，演绎着一个个猪八戒戏嫦娥、放牛郎救狐仙、癞蛤蟆爱上天鹅的童话，所有的结局都是圆满完美的。梁辛墨也说过一个王子和柴火妞的故事，但显然不符合华紫雨的口味，刚讲了个开头就被迫停下了。

梁辛墨第一次上门，是接到华紫雨的电话，让他来取捎来的装有宝贝的包裹，敲开门看到的却是华紫雨，才明白自己被捉弄了，所谓的包裹就是华紫雨本人，而宝贝就是她肚子里的孩子，惊讶得下巴差一点就掉在了地上。

30

门反锁了，梁辛墨用钥匙从外边打不开。敲门，也无人应。

他打电话给华紫雨，挂掉了。华紫雨还在生气。这是他预料之内的，李月仙也是够绝的，换做谁都不好受，但华紫雨总应该给他一个解释的机会吧！再怎么说，华紫雨毕竟是他的女人，两人都是本着共度一生去的，心应该是最近的，应该对他有所理解和宽容，这样的波折也是应该共同面对的。

他继续敲门，终于传出了华紫雨的声音："你走！"他强压压火，让她把门打开，有话好好说，但听到的还是"你走"两个字。这使他更加恼火，敲门更加用力，声音也更大了。

门猛地被拉开了，华母愤怒的声音也同时泼出来："敲什么敲！"

"阿姨，我想见一下小雨……"

"她不想见你！你走吧！"华母说着，随手就要关门，梁辛墨抢先一步把门顶上了。他早已羞愤地满脸通红。如果说华紫雨和他生气他可以接受，华母本应该从中调和，而不该火上浇油的。他咬咬牙强忍下来，把提着的箱子从门缝中塞进去，转身离开了。

天色已经暗了下来，梁辛墨却不知魂归何处。他不想返回县城，也不想住进宾馆。宾馆的房间让他压抑，让他窒息。他只好信步游荡着，最终走进了公园里，在一张长椅上躺了下来。

他原以为遇上了华紫雨，自己的归宿就已经找到了，现在看来却并不像他想象的那么简单，似乎离他越来越远了。他们之间的海誓山盟，在现实中显得那么脆弱。华紫雨当初无所顾忌地投奔他，虽说是为了他们的感情，但也未尝不是逼着他做出选择。此后的怀孕，保不齐也是华紫雨的手段，这样就使他彻底没了退路。

即便是华紫雨没有什么心机，但来到市里就是为了和他结

>> 择日宣判

婚，对他的感情已经不像当初的单纯了。他的离婚又遇到了眼前的困境，肯定是未曾预料到的。华紫雨无疑挨了当头一棒，自然备感失落。加上李月仙一再搅和，怀疑他的诚意就是在所难免了。至于会不会后悔来投奔他，甚至会不会质疑他们之间的感情，梁辛墨已经没有多大的把握了。

李月仙摆明了不会罢手，要和他争斗到底了。他今天把那一百万给了华紫雨，李月仙一定不会善罢甘休，除非他再夹着尾巴回家，继续凑合着过下去。而这，却又正是他不能做到的。

李月仙会不会把他受贿的事捅出去呢？思来想去，他觉得魏太平的分析还是可信的，这样做对她确实没什么好处。不过，李月仙不把事情捅出去，并不意味着她不做什么。会怎么做，他还想不出来。

喂！这地方是我的！

梁辛墨一抬头，发现一个拖着蛇皮袋的老头，正用犀利的目光盯着他，只好折起身来走开了。他不免感到可笑，想不到自己居然落到了和乞丐争地盘的地步了。

几步路走下来，他感到浑身酸痛，好像已经没有力气再走出公园了。好在不远的地方还有一张长椅，他打算只在上边休息一会儿，不想却睡着了。

他被电话吵醒的时候，浑然不知身在何处，好一阵才明白过来。打电话的是司机小郭。小郭说，老爷子来了，说有急事，非要见他不可。

31

梁父抱着一个破皮包，端坐在沙发上一言不发。看见梁辛墨进来，小郭连忙退出去，随手带上了门。梁父这才打开皮包，把一打打的百元大钞倒在了桌子上。

"爸，你这是……"

梁父说："把钱给政府退了，财去人安。"

"退什么钱啊？"

"人家捏着你的把柄，我还能有什么办法？"梁父叹了口气，平静地说："你那天掂着箱子走，我心里就犯嘀咕，第二天月仙就回去了，也要那个箱子，我啥都知道了。"

梁辛墨一下泄了气，问道："你哪来的钱啊？"

"我把房子卖了，加上平时积攒的，二十六万八。"

梁辛墨的心像是锥刺了一下："爸，你这不是……不是添乱吗？房子卖了，你住哪啊？"

"毛主席给我分有地方。"

父亲说的是土改时分给他的那孔窑洞，父母在镇上买了房子之后，已经废弃多年了。那还能住吗？

"我拾掇了一下，能住。"

"爸啊！"梁辛墨的眼泪夺眶而出，给父亲跪下了，"儿子不孝啊……"

梁父没有流泪，伸手把梁辛墨拖起来，让他坐在沙发上，才说："儿啊，咱从歪脖子树下过，该低头就低个头吧！儿啊，你再忍忍，这婚，咱不离了，行不？"

"爸，我实在是忍不了了。你看看这个女人，把我们爷俩都逼到什么地步了，我还咋忍啊！"

"她，那也是不想离婚，才……儿啊，不是你老子心狠，我实在是担心你出事，要是你有个三长两短的，我还咋去见你妈啊！"父亲还想说服他。

"爸，真的不行。我求你了，你要再这样，要把你儿子逼死

43

的！如果说以前我还能和她凑合着过，现在她这样逼我，我对她只剩下仇恨了！再和她在一起，我真怕那一天会忍不住掐死她的！"

"唉！老天爷，这是要把人往死路上逼啊！"

梁辛墨看到父亲是那么绝望，就安慰说："我外边有人了。她，已经怀孕了，我不能抛下她不管啊。"

"噢？几个月啦？"父亲果然来了兴趣。

"五个多月了。爸，咱往好处想想，说不定，还能给你添个孙子哩！你不是一直想要个孙子吗？"

梁辛墨正要说下去，手机收到了华紫雨的信息，打开一看，一下傻眼了。

"妹子，我知道他把钱给你了！你别高兴太早，那不是钱，是梁辛墨的崔（催）命付（符）！你以为那一百万是从那（哪）里来的？是梁辛墨受会（贿）的脏（赃）钱！梁辛墨一只脚已经进监狱了（啦）！老天爷在看着呢，你想花这些钱吧？我道（倒）要看看你有没有这个胆！"

看到梁辛墨的脸色变了，梁父也紧张起来，问怎么了。梁辛墨说："有点急事，我出去一下，马上就回来。"说着走出门去。梁父追出来："你去哪？"

"找世全。"

32

梁辛墨和万世全一起长大，除了年龄大两个月，别的就不占什么优势。他父亲说起来是教师，但一直做后勤工作，没上过一天课，实质上也就是个校工。万世全的父亲却是公社革委会的秘书，手握重权。万世全有一箱子的小人书，他一本也没有。万世全冬天有皮帽子，棉皮鞋，他也没有。就连打水仗万世全有竹筒做的水枪，他也没有。长大一点，他发现自己的优势在内功，力气比万世全大，学习也比万世全好。两个人高考落榜后，一起到学校代课时，他已经明显比万世全长得帅，而且喜欢风花雪月，沉迷于诌文写诗，而万世全却另弹别调，他关注的是中国的政治走向，筹划着自己的人生。此后俩人的道路虽然大致相同，但万世全总是比他占据先机，进步也比他快一步。梁辛墨不得不承认，万世全比他处事老到、稳重。在重大的事情上，也就万世全可以给他出出主意。

到了发改委，工作人员和梁辛墨打呼，他也懒得去理，径直向万世全的办公室走去。工作人员上前拦住，说万主任正在接待重要的客人，吩咐过不许任何人打扰的。他一把推开那人，推门走了进去，才发现"重要的客人"竟然是李月仙和艾三！

双方一下都愣了。还是艾三反应快，站起来问了声梁局长好，伸出手来要和他握手。他视而不见，径直走过去，在万世全的对面坐下，盯着万世全，一句话也不说。

艾三说："万主任，看来你很忙，我们改天再谈，好吗？"

"好好！"万世全连忙起身，送艾三出去。李月仙也站起来，说我也走了，反正人家也不愿见我。

万世全关上门，坐回原位，才对梁辛墨说："既然你看见了，我也不妨给你直说，是我帮李月仙找的艾三。目的嘛，很简单，就是为了让你知难而退。"

"你可真够朋友！"

"这话倒是没错！我问心无愧，对得起天地良心！我劝过你的，可你吃了秤砣，鬼迷心窍了你！"

"那就这样收拾我？"

"我这是帮你……"

"帮我？笑话，有这样帮的？亏你说得出……"

"等等，等等！"万世全打断梁辛墨，"看来你还是不知道吧，李月仙已经向纪委的李书记，就是她那个一家子的叔告过状了，让纪委查你……"

梁辛墨腾地站了起来："什么？她告我！"

"你也不要激动，人家李月仙可是说了，即使你坐了牢，她也会等着你的，你还是她的人。我倒觉得李月仙这一点还是可以理解的。你想想，她没有了你怎么办？你把人家扔到半道上……"

"扯远了啊！"

"好好！我知道之后，把李月仙大骂了一顿。李书记那老小子早就看着你不顺眼了，不过还算手下留情，因为知道咱俩的关系，就让我做好你的工作，这才把事情按下来了。谁知你软硬不吃，我怎么办？不帮李月仙，行吗？"

梁辛墨冷冷一笑："是怕没法向李书记交差吧！"

"你要这么说，我也无话可说，我问心无愧！"万世全满脸涨红了，"兄弟！听我一句劝吧，你再这么折腾，可真要出事的！如果你出了什么事，比方说，局长干不成了，什么都没有了，你那个华紫雨还会跟着你吗？别天真了！就算你们是真感情，是真爱，但那也不能当饭吃吧！我知道，你和李月仙过一辈子是委屈了点，可那也是你的命，你得认！如果你现在敢保证你那个华紫雨，也能像李月仙那样，即使你坐了牢她还等着你，要饭也陪着你，那我不拦你！你说，你敢不敢保证？"

梁辛墨笑了，比哭还难看，长叹一声，说："我也问你一句，假如你到饭店点了一碗饭，吃了几口很难吃，不想吃了，可饭店的人说你既然点了就必须吃完，让人按住你，硬往你嘴里塞，你会怎么办？"

"我就打包掂着走，不会让人家逼着吃。掂回家了想怎么处理就是自己的事了，谁也管不着！"万世全接着说，"你别以为离婚只是你和李月仙两个人的事，你们的关系一旦发生变化，你周围的人都会受到影响。你们的女儿、双方的父母、亲友，都得因你们关系的变化而发生改变！大家都已经习惯了原先的人际关系，凭什么要因为你发发神经就得改变这一切？你搞清楚啊，这是你给大家找麻烦，不是谁要和你过不去，懂不懂啊？"

"谬论！全是谬论……"

万世全说："我知道你不服！但你也要想想清楚好不好？你现在什么身份？一局之长！你不稀罕是不是？不知道有多少人还惦记着呢！你不知道现在当个芝麻绿豆的小官风险有多大是不是？你这么一闹腾，还能不授人以柄？你敢说你和姓华的是光明正大的，人家要说你个道德败坏、包二奶、养小三，也不算冤枉你吧？再说了，你敢说你做的一切事情都问心无愧？你敢说你的一切工作都经得起推敲？你敢说你拿的每一分钱都是干净的？如果真是让人盯上了，较真查起来，你敢说你一点问题都没有？平时大家看起来相安无事，只不过是勉强维持着一种平衡。一旦哪一边有点风吹草动，这种平衡就会被打破，牵一发而动全身，谁能折腾得起啊哥们儿？"

33

梁辛墨是怎样从万世全办公室出来的，他已经不知道了。他走上大街时，天正下着大雨。他忘了开车，失魂落魄地在仓皇躲

≫ 择日宣判

雨的人群中穿行，不时被人撞个正着。车轮溅起的泥水一次次向他飞来，他也懒得去躲避。他的手机不断地响起，他也没有查看、接听。他知道是华紫雨打来的，不是不想接，只是接听了不知该说些什么。他思虑再三，终于打定了主意，给华紫雨发了一个信息：

小雨，感谢你陪我度过了有生以来最美好的时光。本以为通过努力，我们就能终成眷属，然而上苍无眼、天意弄人，时至今日我已心力耗尽，离婚一事渺然无望。加之诸事纠缠，无力周旋。也许你我有缘无分，命定如此！所赠薄资，聊作度日之用，从此你我不再相见。愿你一切安好，珍重！

34

这两天，华紫雨如同跌进了万劫不复的地狱，被接二连三的打击折磨着。本来她的妊娠反应已经不再那么强烈，刚刚能吃下一点东西，就收到了李月仙的信息。梁辛墨居然和李月仙上床，让她妒火中烧。昨天她本想听听梁辛墨的解释的，母亲只是为难梁辛墨一下，不料他居然走了。梁辛墨一走她就后悔了，等她追到门口，已不见了梁辛墨的踪影。她彻夜未眠。梁辛墨不但没有回来，连电话也没有一个，就像和别人上床的不是他梁辛墨，而是她华紫雨一样。她越想越气，就赌气强忍着没打电话过去。早上母亲让她去看房子，她没有去。一来她实在是太累，二来是怕走在路上人声嘈杂，万一错过了梁辛墨的电话。这个时候如果梁辛墨打来电话而她又没接到，梁辛墨一定会以为她又拒接电话了，她不想让这样的误会再出现。不料等来等去，接到的是李月仙恐吓她的那条信息，让她大吃一惊，就连忙把信息转给了梁辛墨。梁辛墨并没有像她希望的那样打来电话，使她能够对李月仙的信息加以求证。她只好把电话打了过去，但梁辛墨却始终不接。

她首先想到的是梁辛墨出事了，也许是病了，也许是开车不小心发生了事故，或者是李月仙举报到纪委了……不！不不！应该不会是那样的，梁辛墨正在生她的气，所以才不接电话，一定是的！她自己生了气，不也是不接梁辛墨的电话吗？不管是什么原因，都必须见到梁辛墨才能搞清楚。万万没想到的是，梁辛墨居然给她发了那么个信息，让她肝肠寸断！

她不知梁辛墨突变的原因，但无论什么样的原因都一定与李月仙有关，与那一百万有关。她不能再被动地等待了，到了她该做点什么，为自己争取幸福的时候了！她拿起电话，给李月仙打了过去。

35

华紫雨把李月仙约至了县城的一家咖啡馆里。李月仙在对面坐了下来，目光像两把刀子，在她的身上划拉着，不说一句话。服务生上前问她们要些什么时，才打破了僵局。

华紫雨说来杯卡布奇诺，又转向李月仙问要什么。李月仙很少来咖啡厅，不知道喝个咖啡还那么多名堂，又不想向华紫雨示弱，就说："你要什么，我也要什么！"然后才大模大样地说："你想说啥，说吧。"

华紫雨刚开口说了一句"我今天来找你"，就被李月仙打断了，"直说，我见不得绕弯子。"

华紫雨接不住岔，索性从桌布下把那个箱子提出来，放在桌上，推给李月仙。李月仙没反应过来，问道："你什么意思？"

49　　　　　　　　　　　　≫ 择日宣判

华紫雨："我分文未动，都给你，你把他让给我。"

"你不要钱？要……"李月仙更蒙了。

"钱我可以自己挣，但他这个人，我不能错过。我们，是真心相爱的。"

"真心相爱？"李月仙镇定一下，冷笑道，"你知道啥叫相爱，一个男人和一个女人睡在一张床上，是两口子那才是相爱；不是两口子，那就是耍流氓！"接着又冷笑一声追问："他不爱我为啥和我结婚？他不爱我我闺女咋生出来的？不爱我前天咋还和我睡呢？"

华紫雨早有准备："那是你……你这是挑拨我们的关系！我不能没有他。我……已经怀孕了。"

李月仙瞪大了眼睛，这才发现华紫雨的腹部已经隆起了，不由兴奋起来："你，怀孕了！都出怀了！难怪他这时候非离婚不可！我明白了！他要再不离婚，等孩子生下来，你们就是重婚罪！连他，带你，都得坐牢！"

"啊？重婚罪？坐牢？"华紫雨睁大了眼睛。窗外大雨如注，电闪雷鸣。华紫雨的手触碰倒了杯子，掉在地上碎裂开来，发出尖锐的声音。她却似乎浑然不觉，喃喃自语："我们都坐了牢，我的孩子怎么办？"

"作孽呀，连孩子都要受连累！"李月仙大发感慨，"梁辛墨个狗日的办的这叫啥事！"

看到华紫雨伏在桌上嘤嘤哭泣，李月仙这才安慰起她来："我说妹子，你不要哭，咱还有办法。一个是你把孩子做了，拿着这钱离开，你们的事我不说，也没人知道。二是钱你还拿走，你把孩子生下来，交给我，我给你带，我保证当自己亲生的来养。"

华紫雨猛然抬起头　擦了一把眼泪："不！我宁可去坐牢，也不能没有他！"

"我看你真是不撞南墙不回头！你以为他真正爱的人是你？"李月仙显然被激怒了，从包里掏出一张照片摔在桌上，"你自己看看吧！"

华紫雨不知道李月仙又想要什么花招，拿起照片一看，不由说道："不对啊，我没照过这张照片啊……"

"我告诉你吧，这上边的人根本就不是你，她叫曹雪涵，当初勾引过辛墨，害得辛墨要死要活的，结果还是被人家给蹬了，到现在还是狗不改吃屎！他啊，也就是把你当成曹雪涵了，你以为他是喜欢你呀？你也就是曹雪涵的替身！"

"不可能……不可能……这不可能……"华紫雨眩晕起来，刚要站起来，就差点摔到了，只好扶着桌子坐了下来。

李月仙："别自己骗自己了！你好好想想，他和你在一起，说醉话或者说梦话的时候，有没有叫错过你的名字？"

华紫雨神经质地重复着曹雪涵……雪涵……雪……站了起来，梦游似的向门口走去。

李月仙大获全胜，长长舒了一口气，招呼服务生收钱。服务生说，一共二百二十六元。李月仙以为听错了。服务生解释道："一杯卡布奇诺是九十八元，您要了两杯，是一百九十六元；您打碎了一个杯子，要收费三十元。您一共消费二百二十六元。"

李月仙还是无法接受，一杯苦水水，就要九十多？服务生说，我们一直是这样收费的，明码标价。李月仙还想说什么，还是忍了下来，拿起包来掏钱。

"钱我来付！"

李月仙抬起头，华紫雨已经把钱递给了服务生。

"你怎么又回来啦？还没死心？"

华紫雨笑道："我想过了，你说的是不对的！他开始是把我当成了曹雪涵，但那时他也只是帮助我。在我们相识的前两年，他也从来没有主动和我联系过。直到后来我们交往多了，我们才好上的。这说明他并没有把我当成曹雪涵，他真正爱的是我！再说了，哪怕他真的把我当成了曹雪涵，我也不在乎！就是让我改名叫曹雪涵，我也愿意！"

"你，真是疯了！"李月仙一屁股坐在了椅子上。

"我没疯！能在茫茫人海遇上他，不知是我几辈子修来的福。为了他，付出什么我都愿意！不就两年嘛，很快就过去了。还有几十年可以和他在一起，我认了。"

"你是两年以下，他，恐怕十年都不止！"

"啊？怎么可能？"

李月仙一副豁出去的模样："你知道他那些钱哪里来的吗？他一个月就三千多块钱工资，以前还要少，要多少年能攒一百万？告诉你吧，那是三年前，一个叫龙在天的公司送给他的！"

"龙在天公司？我以前就在那儿上班的。"华紫雨一下想起梁辛墨得知龙在天老板威胁她时，拍案而起的情景来……"难道，他是因为我……"

李月仙恍然大悟，一下跳了起来，指着华紫雨叫道："哦？原来是因为你？你害死他了！我就纳闷他一个堂堂正正的清官，怎么就一下收了人家那么多钱，原来都是为了你！你就是一个狐狸精，专门害人的狐狸精！"

36

李月仙走在大街上，步子越走越轻盈，胸部越挺越高，脸也越仰越平，像打着高领结的英国贵族，几乎鼻孔朝天了。拎在手中的箱子不但一点也不沉重，甚至有着反冲力，几乎要带着她飘起来。她本来应该打车回去的，提着一百万的箱子走在大街上，不是一件明智的事情。但她顾不得了，不是因为她得意之际忽略了，而是坐在车里，实在无法释放她满腹的激情。虽然她从来没有失去过必胜的信心，但几个月来的斗智斗勇毕竟让她感到压抑，几乎透不过气来。现在尘埃落定，她成了最终的赢家，而且还有意想不到的重大收获。她越走越快，越走越兴奋，终于抑制不住了。她想和人分享，但却找不到合适的对象，就退而改成唱歌，来释放自己的激情。她会唱的歌子不多，还都是小时候在学校里唱过的，就随机哼唱起那首《战斗进行曲》："我擦亮了三八枪，我子弹上了膛，我背好子弹带，勇敢向前方。我刺刀出了鞘，刀刃闪闪亮。别看他武器好，正义在我方。我撂倒一个俘虏一个，撂倒一个俘虏一个，缴获他几支美国枪……"

37

李月仙一见梁辛墨回来，连忙堆满笑容迎上去，看到梁辛墨那奇怪的眼神，愣了一下，随即坦然地坐下，说："想打就打，想骂就骂，随你的便！"

梁辛墨看着李月仙，越看越觉得面目模糊，这个和自己一起生活了十几年的女人，让他的脊背一阵阵发凉，胆战心惊。

今天中午，他在手机里看到华紫雨的信息：

"辛墨哥，有幸和你相识、相知、相亲、相爱，并有幸和你的初恋有着相同的容貌，分享你的爱。我走了，孩子我会做掉，你放心。永别了！期待和你来生再见，并且能够早点见到你，成为第一个被你宠爱的女人。"

他赶紧打电话给华紫雨，对方已经停机了，就发疯了似的跑到华紫雨的出租房，早已是人去楼空。

梁辛墨强打精神，说："我说怎么找也找不到，原来在你这里！"

"什么？"李月仙莫名其妙。

"装什么装？曹雪涵的照片！"

李月仙还想说什么，但还是找了出来，摔在茶几上，说："给，这就是你的命根子！"

梁辛墨拿起照片，端详片刻，仔细装起来，又问："我再问你，曹雪涵是怎么走的？"

李月仙一副豁出去的模样："我对她说咱俩从小一起长大，十几岁就订婚了，还说你母亲常年卧病在床，都是我在照顾，家里地里的活都是我干的。"

梁辛墨盯着李月仙："就这？"

"我说，我已经怀了你的孩子！她只要陪着我去打了胎，我就把你让给她……"

"你他妈的混蛋！那时候连碰你都没碰！"

李月仙理直气壮："是啊！我只是试试她，看她是不是真心对你。结果她不经试，一下就走了。这怪不得我……"

梁辛墨突然笑了起来，那笑声凄厉无比，像是由一头被放上案子待宰的猪发出的，震得四壁颤动，然后止住笑，厉声问："李月仙，你到底要我什么？"说着掏出钱包，把银行卡、钱包里的钱、钱包一一扔在李月仙身上。李月仙试图上前阻止，梁辛墨大喊道："怎么，还不够？"随即脱掉外衣也扔了过去，又问："够不够？"接着继续脱衣服。李月仙扑上来抱着梁辛墨，哭喊着："我什么都不想要，只要你！"

梁辛墨大喝一声："去你妈的！"一把推开李月仙，向外冲去，却又折回身来，冲着李月仙继续喝道："李月仙我告诉你，你就是把世上的女人都赶跑，都杀光，我也不会再要你！你不是想威胁我吗？好啊，大不了我去坐牢，出来了我就是去要饭，也不会再要你！我就是死了，也绝不会和你埋在一起！"喊完，他看也不看跌坐在地上的李月仙，摔门而去。

38

七个月零十九天的早上，梁辛墨和魏太平再次走上了法庭。魏太平告诉梁辛墨，这是法院判决不准离婚之后，超过六个月的第二次起诉，完全符合最高人民法院司法解释规定的离婚条件，法院肯定判决离婚。他们不知道，就在这个时候，李月仙正提着那个箱子，走进了检察院的大门。

39

又过了三年零一个月十四天，一身囚服的梁辛墨坐在监室的床铺上，盯着墙壁发呆。他剃着光头，已经明显苍老了许多，表情木讷、迟滞。一个警察在门外喊道："梁辛墨，家属会见！"他依旧无动于衷。

警察生气了，质问道："梁辛墨，听见没有？"他才从牙缝里挤出两个字来："不见！"

"我说你到底怎么回事啊，三年了，你怎么总是不见你老婆啊？"警察见他仍不吱声，还是不死心，"你就是不见你老婆，总要见见你女儿吧？"

"我女儿单独来见我，我就见。"

"等你女儿单独来会见？你想把牢底坐穿啊？她只有三岁，什么时候才能长到十八岁？"

"三岁？"梁辛墨震惊地回过头来。

40

玻璃墙外，李月仙抱着一个大约三岁大的小女孩，站在远处。看到梁辛墨，微笑着走了过来，指着梁辛墨对小女孩说："快看，那就是爸爸！"

梁辛墨惊奇地注视着小女孩。小女孩被梁辛墨的样子吓坏了，慌忙抱着李月仙的脖子叫起来："妈妈，我怕……"

李月仙哄着小女孩："别怕，别怕，乖，那是爸爸。"

梁辛墨拿起玻璃墙上的电话听筒，问李月仙女孩是谁，李月仙告诉他，是华紫雨的孩子。看到梁辛墨吃惊的样子，李月仙补充说，华紫雨生下这孩子，得了产后抑郁症，喝了安眠药，不在了。又过了三个月，华紫雨的母亲也去世了。

41

李月仙抱着小姑娘从监狱大门出来，经过路边一辆小车后，车上下来一个戴墨镜的女人，对着李月仙的背影欲言又止。直到李月仙渐渐走远，她才转过身来，走到监狱门前。警察问："姓名？"

"曹雪涵。"

活着回家

营长夏加高兴了："既然你们都同意，我看不如现在在这里结拜好了，我来给你们做个见证。"说着抱下月儿，就让两人见礼，草草举行了个仪式。父亲因为是弟弟，就再次跪下，给月儿磕头。月儿的泪水夺眶而出，伸手扶起父亲："想不到，我居然，有了弟弟了……"

一、父亲的世界

父亲命好，生下来就掉进了福窝里。那时候的家业已经初具规模了，家境日渐殷实，爷爷还当上了保长，在当地也算个半大不小的人物。

别的财主，从来都是省吃俭用，打下粮食舍不得吃，卖钱买地，再打更多的粮食，再卖更多的钱，再买更多的地，如此良性循环。所以所谓的财主，虽然吃不尽用不完，但日常吃喝穿戴，在质量上和穷人家也差不多，只是吃穿不愁，饿不着、冻不着罢了。吃的大都是粗茶淡饭，穿的是布衣蓝衫，一件好衣服，也只在逢年过节，走亲串友时才穿。而爷爷却与别人的生活方式大相径庭，在家庭生活上从不吝惜，基本上是啥好吃啥，啥好穿啥，一家人的生活水平在当地绝对是屈指可数的。

有了这样的老子，让他得足了实惠。他的童年无忧无虑，吃的是荤腥，穿的是绸缎，而且因为爷爷的声望，他自己总感到高人一等。在小伙伴面前，他因为有比别人多比别人好的玩具，加上自己聪慧过人，会创新各种名堂的游戏，能层出不穷的想些鬼点子，还时不时从家里拿出点好吃好喝的，给那些他看得起的伙伴尝鲜解馋，因此吸引着一大帮的追随者，他就自然而然地成了群众领袖，走一步前呼后拥，坐下来众星捧月，煞是风光。不少比他大的孩子，也都以能和他一起玩耍为荣，屁颠儿屁颠儿地跟在后面，成为他的铁杆粉丝。

　　他遇上的第一件烦心事，是到私塾读书。《百家姓》《三字经》还算凑合，因为他的记性好，背书不是问题，虽算不上是过目不忘，但对于他来说确实是小菜一碟。但让他讨厌的是还要写字，而且一坐一两个时辰，丝毫发挥不了他的聪明才智，这让他很是郁闷。等学到《大学》《孟子》，枯燥无味，如同嚼蜡，就让他彻底崩溃了。《上孟子》，《下孟子》，害得学生爬凳子。所谓爬凳子，就是爬在凳子上，撅起屁股，先生使劲挥动着戒尺，"啪、啪、啪"地打板子。

　　他总是深受其害。其原因主要有两点：一是他要求自己不能哭，他丢不起那人，要注意公众形象，不能让追随者们觉得他窝囊。别人可以哇哇大哭，而他打掉了牙只能往肚子里咽，被打之后还要装出没事的样子，甚至还要哼哼咛咛地来段小曲，打肿脸充胖子，死要面子活受罪。哭声通常代表着受罚的程度，也表示悔过的态度，听到哭声，先生的手脖子就软了，但他让先生听不到，因此打得就格外起劲，持续时间也通常是别人的二至三倍；二是别人挨打，都是因为背不出《孟子》，而他除此之外，主要的是因为违法乱纪，今天用狗尾巴草捅了某人的耳朵，明天是把芝麻虫放进了先生的衣兜，后天是带着松鼠上学，松鼠钻进了同桌的脖子。他几乎天天都要爬凳子，有时一天还不止一次。这两个原因搅在一起，他在私塾里无疑是度日如年。

　　他唯一害怕的人是爷爷，见了爷爷就像老鼠见了猫，怕到了极点。不管正在和伙伴玩耍，还是在奶奶的怀里撒娇，只要见到爷爷，他就一下呆若木鸡。一直等到爷爷黑着脸走远了，才能慢慢地回过神来。尽管如此，他还是在爷爷面前，正儿八经地提出自己的愿望，不再去读书，而去唱戏。

他之所以敢于提出自己的愿望，是他选准了时机。那天正是大年初一，他认为在这时提出来，大过年的，爷爷不会打他。而且那天一家人都在场，即使爷爷要打他，也会有人积极解救。真要是爷爷动起手来，奶奶必然会像平时那样，趴在他身上对爷爷说，要打打我！或者大伯会跪下来，抱着爷爷的腿，让他有机会逃走。

他为自己的小聪明付出了沉重的代价。他的话一出口，就被爷爷揪住，结结实实地一顿暴打。更加出乎他意料的是，根本没人愿意帮他，甚至大家都和爷爷的主张出奇的一致，所不同的是，有人用嘴巴声讨，有人用泪水控诉，不像爷爷用的是巴掌。

万般皆下品，唯有读书高，这是全家人共同的价值取向，而戏子则是下九流的行当，不仅活着给祖宗丢脸，就连死了，也是不能入老坟的，只能去做孤魂野鬼。大家共同认为，他这是人拉着不走，鬼叫上长跑，简直就是中了哪门子邪，要想退学唱戏，除非日头从西边升起来，落到东边。

这一事件让他明白，自己的小胳膊，不管怎样也不可能拧过一家人的粗大腿，自己的梦想必将化为泡影了。重压之下，他想到了放弃，但那戏台子早把他的魂勾走了，这令他欲罢不能，就只好来了个折中的办法，装模作样地去上学，但实际上出了门，就一蹦一跳地跑进了戏园子。

他逃学，倒使先生落得个清净。开始的时候，先生还有些不适应，没有了他的调皮捣蛋，先生总感到少了点什么，戒尺的权威也大打折扣了。到后来，慢慢地习惯成自然，先生也不想自寻烦恼，懒得来家里告状；家里人还认为他学乖了，天天都积极上学，心里甚是宽慰；他也落得个逍遥自在，面对着一张张涂满油彩的面孔，沉浸在王侯将相、公子小姐、神仙妖精的世界里。

一直到年底，爷爷依例来私塾答谢先生，才知道他大半年来根本没有上学。好在事先有安排的耳目及时通报，他慌忙逃到了舅爷家里，寻求政治避难，才免去一场皮肉之苦。直到年关，他还不敢回家过年，最后才在舅爷的护送下回到了家。经过舅爷讲情，爷爷才应承不打他，但要他写下保证，从此不再逃学，并在祖宗的牌位前发誓，才算作罢。

　　他似乎天生是个唱戏的料子，有了这宝贵的大半年，已成了戏剧方面的行家里手，生旦净末丑无一不通，各出戏文无一不能熟记于心。他天生就有个好嗓子，音质纯，音域宽，音色美，无论花脸、青衣、老旦、须生、三花、破旦，都能来上完美的几段。就连戏班子的班主白玉松看到他，也常常认为他生错了家庭，不能一展才艺，也不能为己所用，不停地感叹：唉！可惜啊！可惜！

　　他因为正儿八经地向祖宗立了誓，举案三尺有神灵，祖宗总在盯着他，使他如芒在背，再也不敢太放肆，收敛了许多。硬着头皮又来到私塾，继续背他的《上孟子》《下孟子》。他理解最透彻的一句话，就是关老爷的那句"身在曹营心在汉"，因为他切切实实地感同身受。在课堂上，他也常闹出一些笑话，比如他刚背了一句"天将降大任于是人也，必先苦其心志"，紧接着就会加上一句"苦啊——"的戏剧念白来。先生因此类事件，总对他大加责罚，认为他故意捣乱，其实确实是冤枉了他，他完全是身不由己，情不自禁。

　　他仍然会开小差，就像抽大烟的人犯了瘾，实在割舍不下戏园子。有时装着上厕所，飞快地跑进戏园子，看上一段，再飞快地跑回学堂。有时某出戏实在太喜欢，或者有某个自己追捧的演员出场，他就会装病害牙疼，给先生告假，溜进戏园子，美美地

≫ 活着回家

过上一回戏瘾。

先生因受了爷爷重托，不再对他放任自流，不但打起板子来更加尽力，而且常会登门家访。这时就是他倒霉的时候，通常是打板子的继续，在深度和力度上比起先生来更是有过之而无不及。但时间一久，倒霉的时候多了，也就习以为常了，他依然如故。最后连爷爷都倦怠了，又不好公开表示妥协，若非他太出格，爷爷就睁一只眼闭一只眼装作不知道。如果要找出几个能让爷爷妥协的人，除了爷爷的父母，恐怕就是他这个儿子了。

直到这一年，他十五岁了，已到成家立业的年龄。爷爷奶奶一合计，觉得应该给他完婚，也好有个人管住他，但是爷爷再次失败了。母亲嫁过来，不但根本管不住他，而且还要违心地给他打掩护，给他制造出更多的可乘之机，反而成了他的保护伞。成了家就成了大人，就再不能像对小孩那样进行管教，需要给他在媳妇面前留脸，顶多背地里小声教训几句。他挨打都不怕，这种不敢光明正大的责骂更是不疼不痒，胆子渐渐地越来越大，直至发展到就连自己的新媳妇也不管不顾，整天泡进了戏园子。

这时候倒霉的人换成了母亲，一方面要对他的不成器负责，受奶奶的责备，另一方面又因为没有保护好他被爷爷教训，而忍受他的谩骂甚至责打。

他全然不知，一场天大的飞来横祸正在向他逼近。

二、飞来横祸

这天，父亲照例泡进了戏园子。

这时的父亲，已经在戏剧方面取得了更高的造诣，不再是普通的观众，俨然成了彩排中的导演。台上正在演《李逵探母》，老旦刚唱了一句"一家人欢天喜地把我来请"，他就不干了，一拍桌子站起来："停！停！停！停！停！"台上不敢怠慢，马上锣鼓家伙都停了下来，他接着讲道："怎么能这样唱？糊弄人是不是？应该这样——"接着他就示范着唱了一遍，才对台上说，"接着来！接着来！"

锣鼓声再起，台上这才又唱起来。

他喊停，台上的就得停，台下的都是衣食父母，得罪不起。更主要的是台上的自惭形秽，确实没有他唱得好，在能人面前不敢造次。

他叫停的时候，不少人跟着起哄，他唱一句，就叫一声好，害得台上的更下不来台。但那些真正来看戏的，因为父亲的起哄，打断了演出，对他甚是反感，甚至恨到了叫骂。

他并不是要和戏班子过不去，而是他对戏剧的热爱，使得他无法容忍出现差错，认为那是糟践戏剧。他哪里知道，由于自己少年轻狂，使得演员们诚惶诚恐，甚至如临大敌。他是在砸人家的摊子，断人家养家糊口的生路。

这个时候，台上的武丑正在和花脸对花枪，也不知是武丑技艺不精，还是由于过分紧张，一个闪失竟然花枪脱手而出，更出格的是竟然不偏不倚，刚好打在了父亲的左臂上。台下一下乐开了花，不是笑演员出丑，而是笑爱逞能的人挨了打。这可吓坏了台上的，连忙下来又是赔礼，又是道歉。

他如果这时候能够因此生气也好，伤痛难忍也罢，总之离开戏园子，那么他就会避开人生的最大劫难。但他哪里又能意识到，这也许是命运之神对他的警示呢？他依旧忍着疼痛坐下来，认认真真看他的戏。不到一袋烟的功夫，新任保长冯天猫就带着人闯了进来。

他不知道，就在他看戏的工夫，爷爷已经由原来的保长，成

》 活着回家

了镇长的阶下囚，一多半产业也被充了公。

爷爷是被冤枉的。事情的起因是冯天猫向爷爷举报李黄氏有大烟土，爷爷作为保长，就去收缴了交给镇长，镇长连忙向县衙报功。谁知大烟土是假的，镇长就找来李黄氏对质，李黄氏对爷爷怀恨在心，一口咬定是爷爷掉了包。爷爷只好找来冯天猫作证，冯天猫却落井下石作了伪证，爷爷就被定了罪。

本来这事可以到此为止的，但被仇恨烧昏了头的爷爷偏偏和新任保长冯天猫较上了劲，扬言要拼到一个儿子不要，也要揭了人家的皮。冯天猫为了免除后患，就抓了父亲的壮丁。

冯天猫本来要抓的是大伯，因为没了爷爷，大伯就成了一家人的顶梁柱，抓了大伯，就等于彻底摧毁了这个家。但大伯因为凑不足镇长要的现大洋，就骑着骡子外出收账去了，冯天猫因此扑了个空。

冯天猫当然不会罢休，本来准备守株待兔等大伯回来，但怕夜长梦多走了风声，大伯跑了，就退而求其次，带人闯进戏园子，把正在和戏子一比高下的父亲抓了起来。

同一天被抓走两个人，一家人的天彻底塌了。东家一个个哭哭啼啼，用人、长工面临着树倒猢狲散的结局，也都各怀心思，埋着头叹气。

长工头李别子低头闷了一会儿，突然起身，进了厨房，抓起两个馒头，出门就走。有人追出去喊他，头也不回。追的人只好回来，愤愤不平：亏得东家对他那么好！

李别子来路不明，谁也说不清他是哪里人，从口音上判断，可能是山东的。李别子本来有名字，刚来家里时说过，也写过，但没人记住。因为他脾气暴躁，两句话不投机，就会发怒，"兔孙孩子""王八羔子"地骂人，常常鼻青脸肿。当地把这种人叫做"别子"，李别子由此失去了真名。

李别子不知为何来到这里，不少人根据他的脾气，断定他杀了人，才逃来的。三年前，他背着干娘来到这里，住在村边的破庙里，仗着一身力气和干的一手好活，给别人打短工，饥一顿、饱一顿地过日子。若不是因为他的干娘死了，他也不会来找爷爷。

他找爷爷的方式很特别，别的孝子见人就磕头，孝子头，遍地流。他却站在大门外，一声不吭，等爷爷出门。爷爷出来，他就迎上去，问爷爷："你看我能值几个钱？"

爷爷没听明白，问什么意思。他说如果爷爷觉得不吃亏，就替他埋了他干娘，他给爷爷当牛做马，但必须是用柏木棺材，因为他说过要让干娘用上的。

一口柏木棺材，能换一亩地，一般人根本用不起。李别子要让干娘用，爷爷很是惊讶，盯着他看了又看，爽快地答应了，而且用了自己的寿材，和他为奶奶准备的寿衣。

埋了干娘，李别子就来见爷爷，让写卖身契。爷爷喊来中人，当面写好，李别子按下手印，手续算是办齐了。李别子也不说话，扭头就要出门进长工的住处，却被爷爷叫住。爷爷付过中人的润笔费，送出门，又回到座位上，拿起墨迹未干的卖身契，放在油灯上烧了，才对发愣的李别子说："我知道你也不是个平地卧的鸟，只是困在了这里，一分钱难倒英雄汉，才卖身到我家。想在我家干就干，干啥活随你，干啥样是啥样。啥时候有高枝，你想飞就飞，连招呼也不用给我打。只是要记得曾经卖给了我家，不能对不起我。今后你惹了什么事，也不连累我一家老小。"

　　≫ 活着回家

李别子听到这话，像是生生被折断的木桩，"咕咚"给爷爷跪下了，含着两眼泪，磕了个响头："东家，有你这句话，我生是你的人，死是你的鬼，要是对不起你，天打五雷轰！"

李别子就这样留了下来。不少人都说爷爷为个长工破那么大的财，实在是犯傻。爷爷只是听听，笑而不答。

三、从蜜糖罐到冰窟窿

李别子来到县城，打听到了兵役局，就不顾拦挡，闯了进去。

"我家少东家在哪儿？"

管事的问他家少东家是谁，他就报了父亲的名字。管事的查查底册，说这里有这么一个人。

"那你把他放了！"

"放啦？"几个管事的哄堂大笑，"说得轻巧，你让放人就放人哪！你把这里当什么地方了！"

"你放了他，我顶上！"

管事的甚是惊讶，像看见了什么怪物，仔细打量着李别子，接着大家对视一眼，不约而同地大笑起来。

"笑什么笑！"李别子火了。

一个管事的强止住笑，拍拍李别子的肩膀："好说好说！想当兵还不容易，我们收下你了！"

"少东家什么时候放？"

"还放什么放？你不放心他，就陪着他一起去，就算你积极抗日，为国效力，多好哇！"

在这个豫西边缘的山区，抗日只是一个收捐的由头，就像治河收治河捐，修路收筑路捐一样。李别子作为长工头，没有交过什么捐，更不知抗日同萝卜白菜有什么区别。

"你个兔孙孩子，王八羔子的！"

李别子刚要发作，身后早被两根硬邦邦的枪管顶上了，接着就被上了绳，关进了关押壮丁的房子里。

原来，这些管事的正为完不成抓兵的任务犯愁，不想天上掉下个大馅饼，李别子自己送上了门来。

李别子其实完全可以脱身的，就凭那几个兔孙孩子、王八羔子的本事，根本就不是他的对手。但他在关键时刻，偏偏听信了那个管事的话，觉得他和父亲一起去当兵，最起码可以照顾父亲，总比父亲一个人去要好得多。这才强压怒火，忍了下来。

他进入房内，前后左右找了个遍，才发现父亲并没有关在里边，气得大脚不断踹门，嘴上不干不净的骂人，直到看门的实在受不了他了，告诉他父亲关在另一间房里，才安静下来。

父亲确实关在另一个房间里。

这个突然的变故，彻底把他打蒙了。从小到大，他所关心的无非是两件事，一是如何玩，二是如何去看戏，至于吃喝拉撒，柴米油盐，人情世故，根本就不用他操那份心。因此，虽然他已经十五岁，而且成了家，但他的心理上还完全是个孩子，起码比同龄人要小五六岁，基本没有什么生存能力。

刚被抓时，最让他放心不下的是扮演李鬼的武丑，在最后从桌子上翻个筋斗下来，能不能稳稳地站住；到后来被上了绳，他感到钻心一样疼，一会儿自己的手臂就发麻了，担心会不会残废了，今后若真的上了舞台，还能不能自如地舞刀弄枪；再后来是爷爷迟迟不来救他，是不是还生着他的气，故意让他多受点罪，吃点苦头；等到知道爷爷也被抓了，他才感到事情的严重性，心情渐渐发冷，但仍然认为自己不会真的去当兵，总会有人来解救他，就像唐僧每次遇难，总有孙悟空、观音菩萨、天兵天将来解救一样。直到被关进兵役局，他才知道已经在劫难逃了。

他开始抽泣，接着便无法自控，由小声哭泣变成了号啕大哭，好像多年来被先生和爷爷毒打积攒下来的泪水，一下子喷薄而出。他的哭声极富感染力，原因是他除了哭得真切之外，时不时地还无意地在哭声中夹带一些戏曲的技巧，拖腔、花调被他发挥得淋漓尽致。本来大家被抓来，都知道前程一片昏暗，不知是死是活，而且担心自家的老小能否活下去。经父亲这么一撺掇，不由得哭声四起，关押房内好似在举行一场哭的竞赛，形成了一个哭的海洋。

很快，就出现了新的问题。大家哭，都有所节制，有所保留，而他却一发而不可收，没完没了。大家哭上一阵，都慢慢平静下来，继而各想各的心思了，而他还在那里撕心裂肺。开始大家还可以理解，渐渐发展成忍受，到后来实在忍无可忍了，就有人上前和他谈心，用脚踹，用膝盖顶。他偏偏不吃这一套，变本加厉哭得更厉害，每被人谈一次心，就会掀起一个新的高潮。好在人多，这个同他谈累了，另一个就会自觉地替补上去，有几次大家甚至齐心协力，共同教育了他一阵子。接着，有人找到了同他谈心的新理由，就是他是关在这个房间里唯一穿着长袍马褂戴着瓜皮小帽的人，而别人都是破衣烂衫。大家于是形成了共识，谈心就变得更加热情起来。

他可真是天生的好嗓子，哭了个天昏地暗，依然嗓音如旧。大家慢慢觉得，光谈心不是好办法，得另外想个辙。有人试着安慰，试着承诺今后不再用脚和膝盖同父亲谈心，试着毛遂自荐，充当他的保护人，但都无济于事。要不是邻村的赵三意外地认出了他，给他说出了一个秘密，他还会继续哭下去。

四、只要潜入芦苇荡

赵三是个兵痞，卖兵是他的谋生手段。刚刚成年，他就赶上爹死娘嫁，从此天不收、地不留，索性就图个自在。整日里无所事事，忙活着斗鸡走狗，和一群小混混打得火热。没过两年，父母留给他的三亩多地和四间房子都卖了，只留下一孔窑洞，作为他的栖身之地。

他是在洛河边上长大，从小就整天泡在水里，水性特别好，名副其实的"浪里白条"，一个猛子扎进去，等再出水换气，已到二十丈开外了。等到他卖完了父母的产业，没什么可卖了，开始为一天的三顿饭发愁，自然和以前的狐朋狗友厮混不起了，只好慢慢断了往来。好在他有水里的本事，就开始打鱼、捉鳖，拿到饭馆换几个钱，或者换顿饭吃。但打鱼这活收益很不固定，他也就难免有上顿没下顿的，虽说饿不死，但却十分艰难。

天无绝人之路，有本事的人总会有用武之地的。

三年前的一个下午，赵三照旧在留村河湾打鱼，看到从运兵船上跳下一个人来，那人没扑腾几下，就被抓了上去，打了个半死。赵三不由得发笑："就这点本事，还想逃跑？呸！被抓了是你活该！要是我，一个猛子就进了下边的芦苇荡了，想抓根毛都没门！"

这个事件很快让他受到了启发，自己为什么不去卖兵，然后再逃掉，白落一堆白花花的现大洋呢！他连抽自己三个嘴巴，骂自己笨蛋，老天爷白给了一身本事，却看不到这个生财之道。有了这个财路，还打他妈的什么鱼呀！

那个时候，每年都要在春夏秋冬抓四次兵，如果赶上前方吃

69 ▷▷ 活着回家

紧，还要加上一到两次。到了这个时候，赵三就成了不少人的救星。有钱的人争着请他吃饭喝酒，然后再谈出多少钱，怎么冒名顶替，剩下的就是赵三的事了。只要上运兵船，赵三只需要一个猛子，钻到芦苇丛中他藏刀子的地方，嘴巴叼着刀割断捆在身上的绳子，就可以寻思下一单买卖了。

　　赵三逃跑，自然不关地方的事，已经把人交给了部队；部队也不会为了一个逃兵耽误军机大事，要急着回去交差，大不了向上司报个减员，也就什么事都没有了。所以赵三屡屡得手，却无人过问。他的身价也一涨再涨，从五块大洋，一直涨到了十二块，外加一坛子"见风倒"烧酒。

　　赵三认识父亲，是因为曾经向爷爷卖过两次兵，一次是顶大伯，一次是顶父亲，他见过父亲一面，所以还有印象。赵三一认出父亲，立马兴奋起来，觉得这次他可以得到双份，不！三份的钱！爷爷是他在生意上见到的最爽快的人，唯一没和他讨价还价，他要多少就出多少，还说卖兵也不容易，给钱给得值当。这次他如果能带着父亲逃回去，自然与卖兵不同，这可是在龙潭虎穴去救人，要价一定要高，就凭爷爷的为人，也一定不会吝惜那俩小钱，说不定给得比他要的还多！

　　现在就只剩下了一个问题，父亲能不能逃得脱。但这好像也不是问题，要是逃不脱，被抓回去，就算他不走运，但也没什么损失，反正又没有向爷爷承诺什么，顶多是要不上三份的钱，至少两个人一起跳水，接兵的只顾抓父亲，他自己逃得更顺利，更安全。要是父亲被打死，那也很好，他可以把尸体背回去，也能从爷爷那里讨几个赏钱。权衡之后，赵三设想最好的结果是父亲能逃脱，其次是被打死，最坏的结果是被抓回去。但不管什么结果，自己都是无本的买卖，弄好了，等于拾来的麦子磨的面，白赚；弄不好，自己也可以逃得更放心，还是白得了个便宜。

父亲哪里知道赵三的心思，听到赵三能够帮他逃走，简直就像遇上了救苦救难的活菩萨，立即止住了哭声。但他立即怀疑逃走的可行性，自己的水性不好，只会简单的"狗刨"，又被捆着双手，跳进水里，只有死路一条。赵三让他尽管放心，到了水里，他只要用嘴咬着父亲的衣服，就可以拖进芦苇荡，大不了就是呛几口水，根本死不了人，保证把父亲活生生的带回去。父亲这才放下心来，刚才也哭累了，便一头倒下，呼呼睡去了。

父亲睡着的时候，李别子被关进了另一个房子里。所以尽管李别子大喊大叫，父亲却因为睡得踏实，一点也没听见，更不知道李别子此时正焦虑地想见到他。

五、抢声一响，河水变红了

通往外界的路有两条，一条是水路，一条是陆路。水路只有个别人能走，靠的是木筏。爷爷当初就是靠放筏起的家。这里到处是上好的原木，在当地不值钱，可到了外边，物以稀为贵，一下就成了宝贝。爷爷把原木扎成木筏，出了三河口，过了漩涡滩，穿越黑礁崖，就算过了鬼门关，再在十八弯漂上一天一夜，就到了洛阳。高价卖了原木，再买头骡子，驮些外边的洋货，从陆路回来。这一来一去，就能赚上个三五十大洋。

陆路被洛河截成了两段，一头连着县城，一头通向洛阳，交通工具主要是马车，还有就是骡子、毛驴。能出去的人也大都有些能耐，见过世面。没见过什么世面而又从这条路出去的，就是被抓的壮丁，基本上都是有去无回。

洛河是黄河的重要支流之一，不算大也不算小。说它不大，是因为它还托不起船舶，无法和外界通航；说它不小，是在当时的条件下，还不能建起一座桥，来联通县城和外界。

渡口设在留村河湾，这里河道最窄，渡河方便。留村是个不大的村子，地势低凹，但由于洛河在这里转了一个弯，河水却淹不到，总把它留下来，因此得名。留村河湾是一片天然的芦苇荡，除了几个苇匠每年割上几大捆，打些苇席供给当地人使用外，没人种，也没人收，因此长得生机盎然，十分茂密。赵三把逃生地点就选在这里。

李别子见到父亲时，已是第二天的上午，地方和部队完成交接，押送出发的时候。

"少东家！可找到你了！"

父亲远没有那么激动，甚至有些漠然："哦，是李别子，李叔！"

这也难怪，他平时不喜欢李别子。李别子整天黑着脸，像谁欠了他二升黑豆钱，见了他也总是爱理不理的，甚至都没有正儿八经地和父亲说过话。李别子也不喜欢他，其实也不是不喜欢他，而是似乎不喜欢任何人。这让他很不快，他毕竟是少东家，而李别子只不过是个长工，是下人，按照戏里的规矩，见到他是要磕头的，而李别子却连起码的规矩都不懂。

今天见到李别子，毕竟算是见到了家里人，他本来也很高兴，但他这时的心思，全放在了赵三身上，顾不了那么多了。

壮丁一共是三十六个，绑了三马车，一辆马车一个班，每个班都有接兵的荷枪实弹押送。父亲在一班，李别子在三班，分别在前后两辆马车上。

到了渡口，由于船小，要分三批渡河，父亲的一个班被安排在第一船，另两个班原地等候。

李别子又不干了，非要乘坐第一船过河。本来在坐车的时候，他就因为要坐第一辆，差点没和接兵的干起来，这次他又捣乱，当然被人挡住了。出人意料的是，就在船离岸的瞬间，李别子撞倒拦他的人，一个旱地拔葱跳上船来。接兵的原想发作，但看船已离岸五尺开外，也就不再追究了。

　　李别子上船之后，挤开父亲身边的赵三，紧贴着父亲坐下。这完全出乎父亲的意料，成为父亲的计划里发生的一个不小的变化。本来他和赵三已经约好，只要听到赵三一声咳嗽，就立即跳水，赵三就能找到父亲，并用嘴叼着父亲潜进芦苇荡的。李别子坐在中间，肯定是个妨碍。

　　不等他多想，赵三已经发出了信号，随即"扑通"一声跳进水里。他一闭眼睛，正要跳水，却被人从后面死死地拉住，动弹不得。他急忙睁开眼，看到拉他的正是李别子。就在此时，他的耳边响起了枪声，惊慌之下，看到河水已经变红了，便一阵眩晕，昏厥过去。

　　等到他醒来，发现躺在行进中的马车上，自己的头枕着李别子的大腿。

　　他哪里知道，他和赵三早就被接兵的蒋排长盯上了，他们鬼鬼祟祟的一举一动，都没有逃过蒋排长的眼睛。当来到渡口，赵三贼溜溜的四处张望，并且向他偷偷递眼色，蒋排长立刻明白了怎么回事，就暗暗拔出手枪，子弹上膛，打开机头，专等他们跳水。而蒋排长的一举一动，又被李别子看在眼里，所以李别子冒死登上船来保护他，不让他轻举妄动。

　　蒋排长本来可以不杀赵三的，完全可以把赵三捆在船上，或者让手下用枪顶住赵三，让他逃不掉。但他不想费那事，对他来说，赵三是死是活都一样，但让赵三死更容易做到，只是抬抬

73

手，动动食指的事。赵三做梦也没想到，这碗饭吃了多年，今天遇到了自己的克星，稀里糊涂地把一腔鲜血，全部混进了这养他多年的河水里。

蒋排长本是江湖出身，练就一身武艺，舞刀弄枪如同儿戏。因为杀人太多，结下了不少死对头，个个想方设法要他的命。他虽然艺高人胆大，只是猛虎难敌群狼，万般无奈才投了军。一到部队，他凭着自己的本事屡立战功，很快就被提升为排长。本来他可以干到连长、营长，但他的杀心太重，手段毒辣，多次杀害无辜，致残部下，就连他的上司们都对他畏惧三分，认准了他是个狼羔子，养大了是个祸害。所以尽管战功卓著，上司换了一茬又一茬，他却在排长的位置上一干就是八年。

蒋排长本来是想打死赵三和父亲的，看到李别子非要挤上船来，又和赵三、父亲搅在一起，就断定李别子也想逃跑，又来了个找死的，不由暗暗冷笑。不料父亲和李别子没有跳水，这使他大为失望，甚至有些恼怒。他知道这是李别子搞的鬼，就暗暗同李别子和父亲较上了劲，专等他们什么时候栽在自己的手里。

六、好死不如赖活着

父亲的每一天，几乎都要面临着生与死的考验。他被几度辗转，由马车改乘汽车，再由汽车改为步行，又改乘轮船，最后再步行，总算来到了驻地。

这时的父亲，早已精疲力竭，彻底崩溃了。

他要过的第一关是吃饭。这个看似再简单不过的事情，都成他最难完成的任务。每到吃饭的时候，他都要望着碗里的饭菜，一阵阵作呕。在他看来，这些完全是猪狗不吃的东西，却硬要他塞进肚子里，不但他的肠胃无法接受，而且在心理上，也是对他的极大侮辱。开始时他拒绝吃饭，由于没有能量，他浑身无力，直至虚脱，他还不知道那是因为饥饿造成的。若不是李别子凶神一样逼着他，他可能饿死也不会吃那些东西。几天下来，他渐渐有了一点食欲，知道了饥饿远比那些食物更可怕，他才勉强进食，半死不活的挺了过来。

接下来的事情，更让他死去活来，那就是坐汽车。运兵的汽车本来是敞开的，跑起来空气流通，也不会有多么难受，但这是在战时，担心暴露目标，就用帆布严严实实地包裹起来，再在帆布上涂些花花绿绿的伪装，车内密不透风。他一上车，就被车内浓重的汗臭味，熏得喘不过气来。一辆车要拉两个排的人，每个人只有自己身体占据的那么一点空间，他又肠胃不适，很快就开始呕吐。别人立即受到了传染，呕吐声响成一片。开车的根本顾不了这些，只管开他的车，只要不翻车就一直往前开，在崎岖的山路上颠来晃去。等到停车，他连胆汁都吐光了，软成了一摊泥，被李别子拖着拉下车来。

接下来的两天，开始急行军。他因为有李别子替他扛着背包、干粮，轻装上阵，还算没有掉队。但是三十里走下来，他的脚掌就打满了血泡，每走一步都像踩在蒺藜上，钻心的疼。实在忍不住了，刚坐下来喘口气，就听到蒋排长一声大喝："快走！当心老子毙了你！"

听到蒋排长的吼声，李别子只好停下来，等他晃到身边，伸手拖上他，跟上急行的队伍。渐渐地他麻木了，开始出现幻觉，灵魂好像已经出窍，只是机械地被拖着向前移动着脚步。

等到了驻地，他的身体已经垮了，没有了丝毫活力。他常常想到了死，甚至羡慕赵三，可以不必像他一样活受罪。他开始痛恨李别子，为什么不让他跳进河里，说不定他可以跑掉的，即使

75　　　　　　　　　　　　≫ 活着回家

跑不掉，大不了就是血往河里一流，就什么事也没有了。他又开始不吃东西，仔细比较了各种死法，还是饿死最好，反正那些东西难以下咽。

这下可急坏了李别子。李别子本来就是个粗人，做别人思想工作不是他的强项，加上父亲正对他怀恨在心，抵触情绪极大，几番努力之后，毫无效果。李别子万般无奈，只好动了粗，把饭硬往父亲的嘴里塞，但父亲已经抱定了求死之心，他前边塞进去，父亲后边吐出来。李别子这下彻底火了，一个耳光扇下去，父亲的脸上立刻长出一个手印来。

李别子开始大骂："你个兔孙孩子王八羔子的！想死就死吧，留着也没什么用！你老子那么能干，怎么就生下你这个窝囊废！你个兔孙孩子，就是个讨债鬼，白养了你十几年！你说说看，你个兔孙孩子王八羔子的害了多少人？你老子白养你了，你不给他养老送终，还要让他为你操心。你媳妇刚嫁给你三个月，就为你个王八羔子的守活寡。你还害得老子我跟着你受罪，你说，我前世欠了你什么！你个害人的讨债鬼！你个兔孙孩子王八羔子的……"

李别子本来是对父亲彻底绝望了，才把一肚子的牢骚全部发出来，本想这样的孩子怕是没救了，反正他已经尽力，对得起老东家了。没想到歪打正着，倒把父亲唤醒了。父亲这才想起了自己的家人，想到了自己不是一个人，而有一大家子在等着他，想到了自己还有很多责任，自己必须去尽到这些责任，又号啕大哭起来。

哭过之后，他擦干眼泪，自己爬起来，端起李别子扔下的饭碗，把里边的东西一股脑吞了下去。

这是他最后一次为自己流泪。

七、两虎相争

父亲仿佛在顷刻之间长大了，他开始自己打饭，自己铺床、叠被，自己洗衣服，自己打背包，自己背装备，自己的事情自己做，不让李别子插手。

他的变化，让李别子一时难以适应，转不过弯来。李别子帮他打来的饭，他要么不接，要么干脆扣进饭桶，自己重新再打。早上起了床，李别子习惯性的先给他打背包，却被他抢过来，自己打。他笨手笨脚的，根本打不好，但就是不让李别子插手，害得李别子看着干着急。直到最后他还是打不好，被李别子不由分说地抢过来，从头再来打一遍，三把两把，背包就打成了。他却不领情，重新解开，自己再打。几番折腾下来，他居然自己会打了。

开始几天，李别子认为这兔孙孩子王八羔子的在赌气。在他看来，父亲那是在给他添乱，本来三把两把的活，因为父亲的介入变得复杂起来，让他多费几番折腾。有时他一生气，就强忍住不出手，等着父亲干不成了，来求他帮忙，但总是等不到，最后还是自己实在看不下去，抢过来自己干。但等他干完之后，父亲总是把他的劳动成果归零，自己从头再来。这让李别子很是不自在。过不了几天，父亲的活都能自己做了，李别子感到很是失落，仍然忍不住观察着，指点着。父亲却从不领他的情，甚至不和他说话。

李别子开始反省自己，觉得问题应该是出在自己身上，应该是自己那天不该打父亲，不该把父亲骂得那么难听，应该是平时给父亲说话的态度不好，让父亲记了仇……他几次都想找个机会给父亲解释一下，以便能够原谅他，同他和好，允许他帮父亲干

77

活。他一遍又一遍地揣摩着措辞，并烂记于心，但到了父亲跟前几次，终于拉不下老脸，每次话到嘴边，总是干张嘴，发不出声音。

"唉！你个兔孙孩子王八羔子的！"

李别子这次不是骂父亲，而是骂他自己没用，不会说道歉的话。

其实父亲并不是和李别子赌气，更没有因为李别子那天打他骂他，和李别子记了仇。不搭理李别子，主要是他从来没有喜欢过李别子，而李别子咸吃萝卜淡操心，总是来烦他。自己也是娶媳妇大汉子了，而李别子还把他当成小孩子，让他很不舒服。

父亲还真的是个小孩子，一开始军训，便被打出了原形。

前两天训练的科目是队列，他感到很轻松。他年纪轻，脑子活，接受新鲜玩意自然也快，立正、稍息、向左转、向右转、向后转、齐步走、跑步走、立定、向右看齐，他认为自己掌握的是最好的。他偷眼看看李别子，李别子常常左右不分，闹出不少笑话，最后被蒋排长揪出来当众示范，就更加不行了，狗熊一样转来转去，引起阵阵哄笑。父亲暗暗窃喜：你不是能嘛，来两个向后转试试！

没等父亲笑出声来，他就知道了什么是苦不堪言。蒋排长个狗日的不光是训练队列，还有紧急集合、匍匐前进、急行军、挖战壕、打靶、刺杀、野外生存好多名堂来修理他。

先是紧急集合，摸爬滚打了整整一天，浑身的骨头都散了架，躺在床上已是有出气没回气的了，突然一个集合号，就赶紧往起爬，还要在五分钟内穿好衣服，打好背包，站到广场上。这是他无法做到的，就连李别子也无力帮他，只能勉强完成自己的任务。他不是来不及打背包，直接抱着被子跑出去，就是穿反了裤子或鞋子，所有的扣子都没有扣上。为此他吃尽了苦头，蒋排长手中的鞭子，每次都能打到他的身上。更无法让他接受的是，紧急集合就紧急集合嘛，但在大家都紧急集合之后，他刚刚脱了衣服躺下，蒋排长就来到床前一挥鞭子："你！紧急集合！"这是对他的额外关照。

接下来的挖战壕、急行军、野外生存，他都因李别子帮着，都算蒙混了过去。他这时候也不再拒绝李别子的帮助了，他慢慢知道，很多事情并不是有了雄心壮志就能解决的，有些气能争得起，有些气还确实争不起，他的心比天高，但又命比纸薄，一心想着要强，却偏偏体力不争气，只好任由李别子屡屡得逞。

到了练刺杀，蒋排长要个个训练，第一个便点了父亲。他哪里知道，蒋排长早已动了杀机，第一个点他，就是要拿他当活靶子，杀鸡给猴子们看的。

这原本就是蒋排长训练的方法，每次到训练刺杀，总是首先找出一个看起来最窝囊的士兵，来给大家做示范。之所以要找最窝囊的，是窝囊废没什么大用，就是上到战场，也只能当个炮灰，不如用来当成活靶子，让他给大家做个警示，也算派上了一点用场。再一点就是窝囊废更好对付，打成什么样子，就是什么样子，使大家能够充分地看清楚各个动作的要领，也便于学习、领会和掌握。每次训练下来，第一个被选中的，都是被抬着下去的，没有死的，也都成了重伤，筋骨俱断，奄奄一息。蒋排长可不管这么多，他该干什么，接着干什么，在他的眼里，无异于打破了一个练拳的沙袋，不能怪我的拳头硬，只怨沙袋不结实。

只看父亲的体格，挑第一个就非他莫属。而蒋排长选他，还有另一个原因。

蒋排长第一次看到他，一眼就认定他是个公子哥，银样蜡枪头，最让他看不起的那种人。等到他在赵三的撺掇下逃跑，蒋排长已经准备好了子弹，但由于李别子的从中作梗没能打出去，此后便越看越不顺眼，恨不得他早点死了，免得碍眼。令蒋排长大为光火的是，他居然一步一步熬了下来，这让他既气不过又感到刺激，更加激起了他的斗志。他要好好看看，父亲是怎样黔驴技穷，最终把小命丢在他手里的，如同一只老猫，玩弄一只可怜的耗子。

父亲早有思想准备，知道蒋排长总是和他过不去，肯定会叫他出列，但他对第一个被叫出来的后果，严重的估计不足，还以为只不过又是一场皮肉之苦，就紧咬牙关，雄赳赳地站了出去。

蒋排长目光如炬，立刻透出一股杀气。

"等一等！"

蒋排长正要动手，李别子大叫了一声，打断了他。

李别子走出队列："我说排长，咱吃柿子可不能专捡软的捏，你也来个硬的试试呀！"

"说得好！"

蒋排长带兵这么多年，第一次有人向他叫阵，不由得兴奋异常，每个细胞跳跃着争斗的火花。

李别子换下父亲，接过木枪，拉开架势，和蒋排长对峙。

蒋排长不等李别子集中精神，一个直捣黄龙，直刺李别子的心窝——

"着！"

随着蒋排长的一声大喝，李别子应声向后倒下，四脚朝天，甩出六尺开外，手中的木枪扔出一丈多远。

"起来！"

李别子眼冒金星，顿觉天旋地转，却仍然一咬牙，一个五龙绞柱，站了起来。

"你个兔孙孩子王八羔子的，暗算老子！"

"有本事就把老子二倒，别说那没用的！"

"好！"

李别子飞快捡回木枪，也不招呼，用尽力气，直向蒋排长刺去。

蒋排长身经百战，完全没把李别子放在眼里，看见李别子一枪刺来，他冷冷一笑，没有移动半步，就在李别子枪头将要刺中的瞬间，他一个闪身躲过枪头，泥鳅一样贴着李别子滑开了，李别子扑了个空，立足未稳，蒋排长回身把枪托一甩，正砸在李别子的后背，李别子不由两脚腾空，向前飞了出去，重重地摔在地上。

"再来！"

李别子起身吐出啃在嘴里的泥巴，正要捡枪，不觉犹豫了一下。

"怎么，熊啦？"

李别子冷冷一笑："有本事把孝棍子扔了，和老子比比拳脚！敢吗？"

"笑话！"蒋排长毫不犹豫地把木枪扔出老远，"来，小子！"

李别子不敢大意，暗暗运上气沉丹田，来了一个怀抱琵琶的招式，两眼盯住蒋排长。蒋排长大喝一声，舞动双掌，脚下生风，步步向李别子逼近，一个"双龙戏珠"直取李别子的面门。李别子不敢怠慢，左手抱拳，自下往上一拨，挡开蒋排长的手臂，右手握拳，同时击出。

"来得好！"蒋排长大叫一声，侧身让过李别子的右拳，同

81

≫ 活着回家

时右拳变掌，钳住李别子右臂，上边一个顺手牵羊，脚下一个扫堂腿，李别子就像麻袋一样被摔了出去。

只这一个回合，李别子便知自己不是蒋排长的对手，但是——

"你个兔孙孩子王八羔子的！有本事就跟老子比比摔跤，敢不敢？"

"哼！"面对这样一个手下败将，蒋排长一声冷笑，"随你的便，还有什么本事，尽管放马过来。"

"那咱们死摔。"

"好！"

摔跤有"死摔"、"活摔"两种。所谓"活摔"类似于现在的自由摔跤，比的是技巧；所谓"死摔"是两个人先抱在一起再开始摔，类似于相扑，比的是蛮力。

蒋排长大意失荆州，完全低估了对手，刚和李别子抱在一起，李别子"嗨——"的一声，猛地勒紧双臂。蒋排长猝不及防，身体被李别子抱得嘎嘎作响，面目潮红，没等他缓过气来，即被李别子抱起就地旋转起来，像个陀螺，越转越快，接着猛一甩手，把蒋排长甩出一丈开外。

蒋排长哪里吃过这样的苦头，挣扎着从地上爬起："你狗日的！"随即拔出手枪，推弹上膛，指向李别子。

"好！"场外一声喝彩，使蒋排长不得不停了下来。

李别子暗暗松了口气，不觉口中一咸，一口鲜血喷了出来，接着一屁股坐在了地上。

八、出村原来这么容易

喝彩的是连长。

连长早就来到了场外，静静地观察了很久，李别子和蒋排长练刺杀、比武功、摔跤角力，全被他看在眼里，心中一阵阵惊喜。看到蒋排长拔枪就要杀人，连忙上前制止。

其实连长本不想让蒋排长做教官的，这小子不把人当回事，不是闹出人命，就是致人伤残，常常捅出娄子。但是连长又不得不任用蒋排长，蒋排长虽然心狠手辣，但确实有训练新兵的真本事，经他带出来的新兵，似乎都被注射了兴奋剂，个个如狼似虎，极具战斗力。他不得不承认蒋排长确实是个出色的教官，但这是战时，兵源急缺，他手下的每个士兵都显得异常金贵。这也并非是连长爱兵如子，但这些兵个顶个的都是他的本钱，他实在不忍心在训练中造成减员。因此他虽然任用蒋排长做教官，但对他又不放心，总在暗中观察。

他这一叫喊，蒋排长也不好当着他的面杀人了，毕竟是自己输了，确实理亏。

好在李别子看到有人救驾，精神一放松，顿觉天旋地转，吐出一口血来，一屁股坐在了地上，这倒给蒋排长捞回了几分面子。

蒋排长满意地收起枪，例行公事地向连长报告训练情况。连长随即命令，把李别子送进了医护队。

李别子伤得不轻，断了两根肋骨，其中一根插进了肺里，形成了血胸。幸亏送来及时，医生救治得法，才无生命危险。

李别子的受伤，让父亲感到了害怕。他明白，若把李别子换成是他，小命早就不保了。他感激李别子挺身而出，替他当下了蒋排长那一枪，但同时也感到，自己躲过初一，定然逃不过十五，早晚会死在蒋排长的手里。

父亲来到医护队，表情凝重地在李别子的床边坐下，张了张嘴，却不知该说些什么。倒是李别子反过来安慰他："没事！没

>> 活着回家

事！不用担心，过两天就好了。"

父亲从医疗队出来，越想越感到后怕，眼前不断闪现出蒋排长凶神恶煞的模样，一会儿感到蒋排长那一枪，是捅在自己的身上，一会儿又觉得，自己被蒋排长像拎小鸡一样，高高地举起，又重重地抛下，摔得他五脏俱裂，七窍出血。他觉得这对他只是早晚的事，说不定哪一天就会发生。他感到了死亡的气息正在逼近，感到了死却不知道死在什么时候，怎么死掉，也许比死亡本身更为可怕。他深深地恐惧着，而且越来越强烈。其实他也不是怕死，也不是没想到去死，只是觉得这样死了，死得太不值当，让他太不甘心。他再次想到了牢中的爷爷，想到奶奶这时不知是死是活，想到新婚三个月的妻子，如何度过他不在家的这些日子。

接连几天他都从噩梦中醒来，一会儿是他命丧黄泉，一家人为他呼天抢地的哭嚎；一会儿是奶奶不堪重负，上吊自尽；一会儿又是母亲在娘家人的威逼下，上了别人的花轿。如果说他面对现实还能控制自己的话，那么这些噩梦就彻底地让他崩溃了。

"不行，我必须回去！"

他打定主意，开始留心周围的一切，观察周围人的一举一动，寻找出逃的可乘之机。

让他为难的是，是否要将出逃的计划告诉李别子，他思来想去，认为各有利弊，但最终决定，瞒着李别子为好，原因是担心李别子从中阻挠，打乱了自己的计划，他要自己做主。

这是他的又一个错误的选择。

连队驻扎在小李村，村前村后有两条路，一条通向五里外的秋凉镇，一条通往后山，进可攻，退可守。他的计划是从村前出去，到了镇上换上老百姓的便衣，再一路打听着道回家。要实现这个计划，首先是要通过驻地和村口的两道岗哨。他经过连日来的观察，终于找到了出村的办法。

兵营设在一家大户人家的祠堂里，隔壁的小院是连部，除了连长、副连长几个当官的，还有医护队、炊事班、勤务兵驻在里边。前边是一个打谷场，正是他们受训的地方。

他发现，每天午饭过后，伙夫头老蔡总要从连队选个人，挑着两个箩筐到镇上买菜。他本来希望老蔡能选中他，等到了镇上再找机会逃走。老蔡一来选人，他总是站在门边，但老蔡一看他的身板，就从他身边走过去，使他一次次失去了机会。几天下来，他再也不指望老蔡了，但他想利用老蔡。

出第一道岗哨很容易，李别子躺在医护队，他去探望顺理成章。等进了医护队，他坐在李别子的床边，等着老蔡出门。老蔡前脚走，他后脚跟出来。这时老蔡已经选好了挑箩筐的，老蔡和挑箩筐的前边走，他刚好从连部出来，大大方方地跟在后面。老蔡以为他是哪个当官的让他到镇上办事，就一起同行。他提出替同伴挑箩筐，当然老蔡也高兴，就说说笑笑地出了村。到了岗哨，哨兵问了一声"一起的"？老蔡应了一声"对"，哨兵也不深问，就顺利地过了关。

他没有想到竟然这么容易就出了村。到了镇上，老蔡又主动提出分开行动，各去办各的事，他就轻而易举地彻底自由了。下面的问题，是换成便衣，然后就可以远走高飞了。

他在镇上拐来拐去，希望能看到谁家的院子里晾着衣服，能够偷上一身，但偏偏没有看到。就在这时，他偏偏听到了锣鼓家伙的声音。

这声音如同天籁，一下把他吸引了，接着便听到了咿咿呀呀的唱戏声。他一听便知是《文昭关》，说的是伍子胥过关出逃的故事，这是父亲非常喜欢的一出戏。他完全忘了自己要干什么，忘记了自己的处境和逃难的伍子胥并没什么区别，正处于生死关头。他居然不再想法找衣服，而是静静地听戏。

演员的嗓门还行，可惜唱的板眼不够，要是能再拖长一点就好了！

就在这时，一只手拍在了他的肩上。他最烦这种时候被人打搅，愤愤地转过头去，一下惊出了一身冷汗。

九、逃兵的下场

父亲本来完全可以逃走的，但他痴迷的戏剧又一次害了他，还没有听到两袋烟的工夫，就被转悠到此的蒋排长逮了个正着。

蒋排长到镇上非常偶然，他本来也不该到镇上，更不该出现在这里的。到镇上来仅仅是他的酒瘾犯了，来镇上解馋。半斤老白干下肚，他感到飘飘欲仙起来。出了酒馆，他本打算返回驻地，但到了街上，一个俊俏的小娘们儿，几次回头看他，这让他心猿意马起来，越来越觉得那娘们儿对他有意思，不觉尾随在了身后，拐进了一个又一个巷子，来到一家大门外边。不料他刚想上前搭讪，那女人闪身进了大门，"咣"的一声关上了。他上前一推，里边已经闩上，他刚想敲门，里边传出男人说话的声音来。他好生气恼，既然没那意思，招惹老子干什么！想想不觉来气，捡了块石头摔进院子，才愤愤地走开。走着走着就忘了来路，转来转去，却意外地看见了父亲。

其实父亲在出逃之前，已经想好了应对的措施，如果撞上熟人，只说连长让他来办事，自然蒙混得过去，如果对方再怀疑，就说是和老蔡一起出来的，老蔡买菜去了，也就万事大吉了。但偏偏是他正沉浸在戏剧里，毫无准备的情况下碰上了人，而且碰上的又是凶神恶煞的蒋排长，他一下子彻底地惊呆了。

"在这干吗？"

"我，我……"他想到了要为自己圆谎，但他根本做不到，他的表情彻底出卖了他。

"狗日的！是不是想跑到县城给日本人报信？"

"不，不是！我只想回家。"

"那就是逃兵了！"

蒋排长不由分说，铁钳一样的大手扭住了他的胳膊，向前一推："走！回连部！"

一路上，父亲先是不顾蒋排长的呵斥，不断地苦苦哀求，希望能放了他。又告诉蒋排长，自己只有十五岁，还是个孩子，打不了仗的。他说自己的父亲在他被抓的当天，被人陷害关进了大牢，他还有老母在堂，无人供养。又说自己刚刚成亲三个月，不知道自己的媳妇今后怎么生活。又说姐姐病了，常年卧病在床，姐姐平时最疼他，要是他不能早点回去，恐怕就见不到姐姐了……

最终他发现，求蒋排长放他，就像小羊求财狼不要吃自己，根本不可能，这才闭了嘴。蒋排长早就烦了，一路上用耳光代替自己和父亲说话。等到了驻地，父亲的脸已经肿成了平时的两倍大，鼻子血流不止。

蒋排长要来一根绳子，三下五除二把他捆了个结实，另一头扔上树杈，只一提，他便飞了起来，停在了空中。

紧接着是集合号，全连的人都站在了他的面前，两个人被挑出来，扛着铁锹到打谷场边的不远处挖坑。那是为他准备的。

李别子没有来，他来不了了，听到集合号，他问为什么这个

87

时候集合，医护队的告诉了他父亲的事，他一听猛地坐起就要下床，但因起得过猛，两眼一黑，摔在床下，昏死过去了。

接下来连长开始训话：值此民族存亡之际，全民积极抗战，有钱出钱，有力出力，正与日寇决一死战。身为党国军人，自当将生死置之度外，誓与阵地共存亡。像这样的逃兵，就是背叛党国，背叛民族，应以通敌论处！如果不加严惩，人人效仿，势必军心涣散，不战而溃，致使举国沦丧，我辈都将成为千古罪人！因此决定执行战场纪律，就地处死，以儆效尤！

父亲已经成了砧板上的鱼，连神经都麻木了，从树上放下来，已经站立不稳，木木地被人拖向为他准备的那个土坑。

"刀下留人！"

就在这个生死关头，老族长慌慌张张地跑来了。

原来部队集合的时候，村民像平时一样在一旁看稀奇，但渐渐感到和平时不同，是要杀人。这在村里是从来也没有发生过的。有人感到这可能对村子不吉利，赶紧报告了族长。

连长看到族长来了，便命令停止行刑。毕竟连队是驻在人家的祠堂里，自然要给面子的。

族长讲情，这让蒋排长很是不满，就向连长痛陈利害，不杀父亲，难以服众，今后他无法带兵了。

连长本来不想杀父亲的，但逃兵不杀，确实对治军不利，只好下令杀人。等到族长出面讲情，本想顺水推舟，放了父亲，但蒋排长不依不饶，使他骑虎难下，只好向族长解释，意思无非是军法如山，恕难从命。

族长一听，连忙跪下："他那么小，还是个孩子，和我的孙子差不多。小小年纪不懂规矩，教训一下也就是了，何必非要置人死地呢！"

族长这一跪不要紧，村民纷纷下跪，求连长放人。连长这才扶起族长："乡亲们请起！既然大家讲情，就饶了他，让他戴罪立功，为国杀敌！"

老乡们千恩万谢地起来，七手八脚给父亲松绑。

这可气坏了蒋排长，虽然已经无力改变，但他心犹不甘：

"死罪可免，活罪难饶！"

不等连长吩咐，他就闯到父亲跟前，一手揪住右耳，一手出刀，只一挥，父亲的半个耳朵就被割了下来，随手扔在了地上。

那耳朵刚一落地，一条狗恰好跑来，一口将耳朵吞下，又抬起头，望着蒋排长，等着再扔下点什么来。

那条狗是灰色的，样子很凶，像狼。

父亲没有感到疼痛，他的神经早就已经麻木了，只能任人宰割。他是怎么被放回兵营里的，已经一无所知，直到夜色降临，他才感到自己还活着，才发现耳朵上的血，早已浸透了衣服。

十、大老爷们儿

李别子闯进来时，父亲已经从床上站了起来。他把父亲拉起来，前前后后翻着个看了个遍，才一把搂在了怀里，然后又猛地推开，扬起大手要打父亲。父亲没有躲闪，静静地看着他，甚至带着一丝微笑，像是在欣赏。

李别子的手扬了几扬，终于没有落在父亲身上，停在了空中。

"你个兔孙孩子！不要你的小命了！你以为这是闹着玩的？你长本事了是吧？以为你是孙猴子有三头六臂砍了还能长出来呀！连逃跑这么大的事也不说一声，咋不跑呢，跑哇！干脆我把你个兔孙孩子打死算了，免得被别人杀了我心疼！你以为你死了

≫ 活着回家

就算了，你老子白养你了，你娘还要不要，媳妇还管不管？你要是这次真的让人杀了，还让不让我活了，我还有脸活吗？你干脆先把老子杀了算了，反正老子命贱一条！我这条命已经给你老子了，现在再给你！你想要就拿去，老子也落得安生！你要是真的死了，我这条老命也不要了，反正也没脸去见你老子！你个兔孙孩子王八羔子的……你的耳朵疼不疼啊？"

李别子越说越激动，越说越快，越说嗓门越大，直到两眼发红，热泪盈眶。他甚至都不知道自己到底要说什么，是责怪父亲不该跑，还是责怪父亲逃跑时没告诉他，或者是父亲不珍惜生命，只是说起来啰里啰唆，没完没了。

这是父亲第一次认真看李别子，第一次仔细听着他的每一句话，第一次感到温暖，感到亲切，感到感动。看到李别子竟然快要落下泪来，他感到很是意外，又很是不安，于是走到李别子跟前，拉住李别子的手，说："叔，咱不哭，不给狗日的看笑话！咱不死，好好活着，遇着机会，一起回家！"

父亲的话让李别子感到意外，他没想到这样的话能从父亲的嘴里说出来，便立刻捏紧了父亲的手，赞同地用力点了点头。

人们很快就发现，父亲像换了一个人。他不再垂头丧气地一个人缩着，像只霜打的茄子。他开始主动和别人说话，听别人东拉西扯，有时还会发出会心的笑声。他眼神变得沉稳、冷静，就连面对着蒋排长，也没有了从前的恐惧，甚至流露出一丝仇恨和杀气。原本耷拉着的脑袋也高高地昂起，走起路来虎虎生风，充满生气。这让李别子很是兴奋，拍着他的肩膀说："对！大老爷们儿就该这样，走起路两个卵蛋碰得叮当响，放个屁地上砸个坑！不让兔孙孩子王八羔子小看了咱爷们儿！"

父亲不再对李别子冷言冷语，看着李别子的目光也充满了热情，充满了欣赏。李别子仍然帮他，他也还是拒绝：叔，我能行！便把该干的事情干好。他甚至学着关心别人，帮助别人，给李别子端水、打饭、洗衣服，让李别子感动得连手脚都找不到放置的地方。

在与父亲的相处中，李别子度过了他一生最温馨的时光。

李别子不知道，当正嘻嘻哈哈的父亲，却时常躲在没人的地方，一个人发愣。

父亲追悔莫及，甚至痛不欲生，不是后悔他的逃跑，也不是后悔不该听戏延误了逃跑的时机，而是后悔自己向蒋排长求情，死乞白赖地求情。他无法原谅自己，甚至痛恨自己，他知道一切事情都不可能重来一遍，如果可以，他宁愿和蒋排长拼个刀子见红，虽然自己不是对手，大不了就是一死，总比这样耻辱地活着要强得多。

这让他遭受着极大的折磨，让他透不过气来。他隐隐地感到，总有一天自己要和姓蒋的一决生死，来洗雪自己的羞辱。

他没有想到，没容他报仇，更大的仇恨就来了。

十一、炮响之后，地面三尺焦土

部队奉命连夜开拔，从村后进了山。当天夜里，露营的父亲看到小李村的方向一片火光，把夜空都烧红了一半，那红色像血。

父亲一行回到小李村，已是两天后的晚上。

距离小李村还有二三里，大家立即感到了异常。连长下令全体原地待命，派出侦察兵前去侦察。不大会儿工夫，侦察兵返回，向连长做了汇报。连长立即命令全速前进，火速赶往小李

》 活着回家

村。

所有的人都被眼前的景象惊呆了。小李村已经不复存在，到处是残垣断壁，打谷场上，纵横交错、相互叠压的，尽是老乡的尸体。

"狗日的日本鬼子！"

"咱们跟他们拼了！"

"对！拼了！"

"拼了！"

"……"

很显然，这伙鬼子是冲着他们来的，因为他们撤离，鬼子就血洗了小李村，杀了全部的乡亲。

父亲没有作声，重重地跪下，连磕三个响头。这些死去的人中，有一些正是他的救命恩人。他站起来，没有流泪，手持火把走进死人堆里，不停地翻找，终于找到了族长，那个带领乡亲救下他的瘦小老者。老者的胸部已经被刺穿了，两眼依旧圆睁，紧握着拳头。他想把那眼睛合上，接连试了几次，都没有成功，只好放弃了。最终他抱起老者，扛在肩上，一步、一步，走向打谷场边上那个土坑。那个坑曾经是为他准备的，却让恩人用上了。

他轻轻放下老人，抱进土坑，摆放端正，脱下自己的外衣盖在老人脸上，又连磕了三个响头，才推下旁边的松土，盖在老人的身上。

父亲的举动很快感染了大家，纷纷动起手来，开始挖坑、埋人。

大家埋人的时候，连长已派出侦察兵，前往秋凉镇进行侦查。没等把人埋完，侦察兵已带回消息：镇上驻着鬼子一个小队，和两个连的伪军，配备有重型火力，已在镇外构筑工事，似乎早有防备，正在张网以待。

这个消息无异给了连长当头一棒，使他陷入两难境地。如果进攻，势必处于被动局面，造成重大伤亡，甚至全军覆没。如果放弃，势必挫伤士气，造成人心不稳，也愧对死去的乡亲。连长无奈，叫来副连长和几个排长进行商议。

"还商量个球！打也狗日的一下，打得赢就打，打不赢就跑，先来个痛快的！"蒋排长不等连长说完，首先发话。

"不行！不能拿着弟兄们的性命冒险！"副连长立即反对，"现在我们人头少，装备差，打起来肯定吃亏！"

"哪里管他那么多，人打光了上边再给我们分配！不是命令我们主动出击吗？怕个球！"

"要不，我们先退回山里，再慢慢寻找战机？"一排长试探着。

二排长马上反对："如果这样，是不是会寒了弟兄们的心？现在正是士气高涨，错过了可惜呀！"

连长摆摆手："大家不说了，都有道理。可是……"

"那就把他们引出来打！"

大家回头，竟然是父亲。

"滚！"蒋排长怒不可遏，"这里哪有你说话的份！"

勤务兵连忙上前，拖着父亲就走，但父亲继续说着："当初刘备打陆逊，攻不下营寨，就想把陆逊引出来打——"

原来父亲见当官的开会，就悄悄在一边偷听，他希望能尽快和鬼子打一仗，以便自己能亲手杀几个鬼子，给恩人们报仇。见到连长犹豫不决，便不顾一切地插话。

这本是父亲从《火烧连营》这出戏里知道的故事，想不到在这里用上了。也不知连长是否受到了启发，当父亲被拖走后，立

93

>> 活着回家

即带着当官的重新察看了地形，接着便下达了任务。

那一夜似乎特别的长，父亲躲在掩体里，好像足足过了一个世纪，他看不到天亮，也听不到枪声，周围死一样的寂静。到现在为止，他只是训练打靶时趴在地上瞄了瞄，还没有真正开过一枪。随着时间的推移，他的兴奋慢慢地冷却下来，很快被焦躁所代替，现出了不安的情绪来。他渐渐感到，打仗远远没有自己想象的那么简单，特别是要杀人。别人杀一个人，和自己杀死别人，完全是两码事。人家杀人可能看起来出奇的简单，但自己杀人就没那么轻巧了，这不光需要一定的技巧，还需要特定的心态，方能做到杀了人还不眨眼。显然他还没有做好这样的准备，或者他并没有真正的要杀什么人。这让他非常沮丧，甚至自卑，开始怀疑自己除了埋葬自己的恩人之外，到底能不能再为恩人们做些什么，是否能像自己期望的那样，为他们报仇雪恨。

他看看身边的李别子，李别子也正在看他。他想告诉李别子自己的想法，却被李别子做出的手势制止了。李别子按下他的头，压在自己的臂膀之下，像是一只老母鸡护着自己的小鸡。

他感到了踏实，感到了李别子的体温带来的温暖，甚至又往李别子的怀里靠了靠，满腹的心事一下被清空了。接着他便感到了困倦，慢慢地意识模糊起来，居然睡着了。

"叭！"

"叭叭！"

父亲猛然从枪声中惊醒，连忙折起身来，赶紧看看李别子。李别子还在，正端着枪。李别子感到了他的举动，连忙附在他的耳朵上告诉他，一会儿一打响，他不准露头，只在战壕里压好子弹，等李别子打完了，再把他的枪换上去。他刚想反对，李别子不由分说，把他的头强行按下了。

枪声越来越近，越来越密，隐隐约约地看到一些人边开枪便往他们所在的方向跑来，那是蒋排长带领的敢死队。

敢死队进入阵地，后面打着枪追来的人也近了。蒋排长一声令下，几十根枪一时齐发，父亲看到十来个人倒下了，还有人杀猪一样的号叫着。他试着端起枪，但枪随着他的手抖动着，眼睛也昏花起来。他定定神，还是不行。再来，又不行。第四次，他成功了，打出了有生以来的第一枪，但打到了哪里，他没有看清楚，只感到枪托的后坐力，让他为之一震，肩膀一阵酸麻。

第一枪的成功发射，无疑鼓励了他，他又抬起头，准备开第二枪，却被李别子一个巴掌拍在肩膀上，趴了下去。

"你个王八羔子的！咋不听话！"

追来人的进攻持续了一袋烟的工夫，就停止了，龟缩回去，这边也跟着停了火。只过了一会儿，又上来进攻，再扔下十几个人，退下去。反复几轮之后，来的人老实了，不再进攻，但也不走。

天渐渐放亮，父亲看清了对方的人，活的、死的总共百十号人的样子，是皇协军。蒋排长告诉大家，加紧修筑工事，后面的大家伙就要来了。

果然，一会儿的工夫，秋凉镇方向跑来了一大队人，有鬼子也有皇协军，接着便摆开了阵势，"嗖"、"嗖"的声音过后，炮弹在父亲的阵地上开了花。一阵炮响之后，地面三尺焦土。

他们的工事被摧毁殆尽。有人被埋在土里，有人被直接炸飞了。父亲刚想抬头，只听"嗖"的一声，李别子连忙将他按下，一下压在他身上，接着便是一声闷雷一样的爆炸声——

≫ 活着回家

十二、没有了你，我可以走多远

父亲走了很远的路，却仍然置身于一个洞子里，四周没有一丝的光亮，也没有任何声音。他似乎感到李别子就在前方不远的地方，和他一样向前走着。他并不焦虑，只是无意识地向前走着，而且脚步越来越快，越来越轻，最后像是飘了起来，他在飞。他分明感到有风从耳边吹过，而且越来越大，却听不到一点风声。他就这样一直飞着，没有停止，也没有尽头。他也没想到这是要去哪里，为什么要去，前方到底有什么，等待他的又是什么。他感到无比的轻松，无比的平静，什么也不用想，什么也不用做，就这么轻轻地飘着，飞着，无休无止。他奇怪的觉得，黑暗原来也可以这么亲切，这么令人依恋。慢慢地他感到自己在变轻，越来越轻，身体也越来越空，越来越稀薄，似乎正在一点点溶化，渐渐地消融在这黑暗里，和这风、这黑暗融为一体，最终也将变成这风，这黑暗。

就在这时，他似乎听到了一丝声音，好像是爷爷在唤他。那声音很远，很小，很轻，好像来自无限遥远的地方，又好像那声音本来很大，但也像他的身体一样，已经在这黑暗、这风里飘荡了很久，已经消融到了最轻渺、最细微的程度了。他似乎对那声音很不敏感，像是与自己无关，毫不在意。

他依旧飞着，那声音还在，无休无止，打扰着他，纠缠着他，让他出现了一丝的不安，但他仍然无暇顾及，也无意回应，任由自己向前飞着。

突然眼前一亮，他隐约看到一个身影，很高，很大，通体散发着依稀的光亮，那身影飞飞，停停，似乎是在等他，又似乎故意不让他赶上。有几次他分明感到已经非常接近，就能看清究竟了，却恍惚之间又远了又远。他义无反顾地追逐着，飞翔着，既不焦急，也不气馁，像是在做着某种游戏，沉溺其中，无法自拔。

终于，像是到了某种尽头，那身影骤然停下了，等他接近的时候，突然发出耀眼的光来，刺得他两眼剧痛。

"回去！"

那是李别子的声音，这声音像是拥有无尽的力量，一经发出，他立刻像从云端猛然跌下，落进无底深渊，不由得发出刺耳的惊叫……

"醒来了！醒来了！"

他的耳边响起了真真切切的声音。

李别子死了，死无全尸。打扫战场的人，把他葬在小李村的乱坟岗里。

父亲醒来后，连长告诉了他这消息。

他出奇的平静："我知道。"

他醒来时，已经过了三天。他的大脑受到了严重震荡，尽管没有任何外伤，但能活下来仍然是个奇迹。这奇迹是李别子创造的，在炸弹落下的瞬间扑在了他的身上，被炸飞了半边身子，这才有了现在还完整的他。

连长在旁边的另一张病床上，左臂被打穿，手术之后，用绷带吊在胸前。

父亲说，想去小李村。连长说，好，等你能走路，一起去。

他没有再说什么，闭上眼，睡了，睡得很沉。

连长还想说点什么，这几天发生了很多事情，但看看父亲，没有张开口。

父亲不想知道，这些都不关他的事。

>> 活着回家

但这关连长的事，而且都是大事。

这是他有生以来的第一个仗，而且是大胜仗，这对他来说，太重要了。这个胜利让他兴奋难当，令他欢欣鼓舞，他需要向人倾诉，与人分享。

他们一个连主动出击，全歼秋凉镇守敌，光复秋凉镇，俘获日伪军连长以下官兵一百三十六人，击毙日军少佐一名，日军四十五人，日伪军八十七人，缴获迫击炮十二门，歪把子机枪八挺，其余枪支二百余支，军需弹药不计其数。战区军报称：在这次战斗中，成功运用了反客为主、围点打援的巧妙战术，成为以少胜多、以弱胜强的典型战例，极大地鼓舞了国人的士气。在这场胜仗的激励下，他所在的团会同友军，一举光复了县城，清除了该地区的日伪势力，进一步扩大了战果。为此，他荣获青天白日勋章一枚，擢升为少校营长。

他也必须高兴，只有高兴，才能淹没一些不愿想到的问题，忘记一些不快。打了胜仗之后，没有人触及这个问题，大家都在欢呼，都在祝贺，都在歌功颂德。但他知道，他的内心深处有块病灶，即使别人不去碰它，它还是会隐隐作痛。为了掩饰，他这些天不断地将自己沉迷在胜利的喜悦里，不停地提醒自己，自己是英雄，是功臣。但越是这样，他的内心似乎越发的空虚，越发沉重。

人们都在说战果，但没有人提到这些战果的代价。全连一百四十二人，只活下来了五十八人，其中一排和敢死队五十五人，统共活下来五人，除蒋排长毫发无损外，其余四人都负了重伤，父亲是最年轻的一个。

连长是东北人，先前在一个县衙里当差。虽然薪水不高，但也体面，老婆孩子热炕头，日子过得还算滋润。日本人打进来时，他拖家带口落荒而逃，却还是被炮弹炸死了老婆和儿子，自己有幸捡了一条命。他恨死了日本人，所以就求县长写了封荐书，参加了军官短训班，不久就被任命为少尉排长。但他很快就失望了，当了兵却没有打仗，一路被鬼子追着跑，官职却在逃跑的路上升了又升，当上了上尉连长。每当想起来，他自己都感到脸红。

这次他终于如愿以偿大打了一仗，而且是胜仗，但他在内心深处却深深地感到，愧对那些死亡的弟兄，就像是自己害死了他们。

父亲说要去小李村，这正击中了他内心最脆弱的神经，尤其是父亲那幽幽的眼神，似乎充满了冷漠，充满了幽怨，这让他感到阵阵心慌，似乎被这个小兵看穿了心思，感到不安。

"等你能走路了，一起去。"

是的，应该去看看阵亡的兄弟，是悼念，更是对自己的宽宥。

父亲一行来到小李村时，太阳已经下山了，余晖刺破天边的浓云，像一个创口，渗着暗红的血。四周的一切都是灰暗的，暮气沉沉，没有一丝风，也没有一点响动。就连栖落在乱坟岗上的那群乌鸦，看到有人来了，仍懒懒的一动不动，也不发出任何声音。已经是冬天了，由于很久没有下雪，地上的一切也都干枯着，脚步落下的地方，带起一团团粉尘，飞不起来，也落不下去，就那么低低地悬浮着，弥漫着，经久不散。

若不是看到了李别子的帽子，父亲不会找到他的坟茔。那帽子他认识，帽檐折皱了两个褶，右侧的檐下沾着一滴血，那血滴向周围散开，像一朵待放的花蕾。那还是和蒋排长格斗时留下的。父亲看了坟头的木牌才知道，李别子原名叫李成义。

他在坟前跪下，划燃洋火，点起带来的冥纸和纸钱，一张，一张，烧的认真、仔细。随着纸钱一张张点燃，那灰烬片片纷飞，不断地升高、飞远，一直飞出了他的视野。这是他第一次给别人送钱，还是假的，也不知道李别子在那边能不能用上。

烧完他带来的所有家当，父亲好像失去了所有的力量，一下子趴在了坟上，没了动静。

营长摘下军帽，围着坟场转了一圈，站下，深深地一躬，一动不动。勤务兵上前扶他，被他一甩手，推开了。

父亲依旧不动，也没有声音。

鞠完躬的营长沉默着，他转过头，不看坟场，也不走开。直到勤务兵提醒他，天已经很晚了，营长像是才刚刚想起父亲，走到李别子的坟头，示意勤务兵拉起一动不动的父亲。

勤务兵吓坏了，父亲的嘴里啃满了泥土，两只无神的眼睛直瞪瞪地愣着，满脸全是泪水。

"回吧！我们还有回去的路要走的！"勤务兵劝道。

父亲回过神，挣扎着站起来，用衣袖一抹眼泪，捧起李别子的那顶帽子："叔！我带你回家！"

父亲口中的泥土随着呼喊被喷出老远。那凄厉的声音很瘆人，划破夜幕下的沉寂，在乱坟岗上空回荡着。

（七年零一个月后，父亲在老家给李别子建了一座衣冠冢，里面只埋了这顶帽子。每年清明，这个墓都有人祭扫，香火不断。这是后话。）

回来的路上，营长说："今后就当我的勤务兵吧！"

"不！"

营长看看他，那张依旧稚气的面孔上，凭白多出了几分毫不相称的冷酷，那冷酷携着寒气。

营长嘴巴张了几张，最后才幽幽地说："等你长到能杀鬼子的时候，再放你去。"

父亲没再说话，跟在营长的马后，默默地往前走。

十三、戏子月儿

当了勤务兵的父亲，只干活，不说话。

他干起活来像一只旋转的陀螺，不肯停歇。扫完地，开始抹桌子，擦凳子，洗茶杯，然后再重复一遍，再扫地，抹桌子，擦凳子，洗茶杯，如此循环往复。

他不说话。也不是一句话不说，而是说的特别少，平时能听到的也就是"到！""是！""报告！"几个字，有时就连一些本来该说的"到！""是！""报告！"，他也省略了不说，能省就省，绝不浪费。

如果说这些还可以忍受，他的面孔就让人无法容忍了。他还整天板着一副毫无表情的面孔，无论自己穿衣吃饭，还是给长官端茶续水都一样。勤务兵本来就是侍候长官的，但身边有这么个侍候自己的人，就难免让被侍候的人很不舒服。为了不让长官不愉快，军需官曾经把他换下来，让他到炊事班当火头军，但还不到一天的工夫，营长就到伙房把他提溜了出来，依旧留在了身边。

大家感到很不解，甚至警卫班长专门把他教训了很多次，但他仍然如故。大家碍着营长的面子，也就只好作罢。

其实，他也不是总干活，也有闲下来。闲下来时他也总做同一件事，对着那顶帽子发呆。他也不是不说话，他说了很多很多，只是不对人说，只对着那顶帽子说。他说话也不开口，只是把要说的话想出来。他觉得他只要一想，那帽子就能听到，还能和他交流，倾听他的心声，回答他的疑惑，评价他的成败得失，告诉他进退取舍。一有工夫，他就从胸前掏出那顶帽子，端详着，交谈着，甚至辩论着。这个时候，他的表情也随之生动起来，喜怒哀乐开始粉墨登场，在那张脸上轮番表演起来。

开始的时候，还有人对此充满了好奇，但时间一久，也就习以为常了。到后来，一旦他拿起那顶帽子，大家都远远躲着，不去搭理他。而他每到这时，似乎世界只剩下了这顶帽子，眼前再也空无一物，就连营长叫他，他也根本听不见，直到有人推他一把或踢他一脚，他才能回过神来。

这样的日子，一直过了将近一年，如果不是营长娶回了太太月儿，他还会这样过下去。

月儿命苦，对自己的身世一无所知，从有记忆开始，她就被人买来卖去。最后一次被卖是在九岁那年，童养媳的她被认为克死了丈夫，命硬，不中留，就不计价钱，让戏班子当成破烂收走了，这一待就是十年。有了这十年，月儿从一个黄毛丫头，出落成一个光彩照人的大姑娘，成了戏班子的当家老旦，台上有人捧场，台下有人端茶提水的角儿。

她是被当作使唤丫头买回来的，侍候老板和班子里的角儿们，只是她的日常工作。被人使来唤去也好，忙得分身乏术也罢，受尽眉高眼低，动辄皮肉受苦。这在她看来也是再平常不过的事了，反正这样的日子也不比过去更差，她也乐意承受。让她无法应对的是如何保护自己。

十三岁那年，老板就第一次强暴了她。出乎老板意料的是，她没有像其他女孩子那样哭嚎挣扎，事后寻死觅活，而是咬着牙、噙着泪，默默地忍受着。事后仍然强忍着下身的疼痛，干活、练功，好像什么事情都没发生一样，只是从此再没有正眼看过老板一次。开始的时候，老板还感到很是担心，怕她想不开寻了无常。但几次下来，什么也没发生，老板的胆子便大了起来，只是没过多久，便感到了索然寡味，像是在对付一具死尸，再也打不起精神来了。每当看到她那眼神，分明带着仇恨，带着轻蔑，感到那眼神迟早要吞掉自己，就越来越发怵，最后便不再打她的主意了。

　　随着年龄的增长，月儿渐渐发育成熟，变得越来越漂亮，并且开始登台演出，不再干那些侍候人的粗活，慢慢活出了个人样。但是麻烦紧跟着就来了，先是一些公子哥时常来追腥逐臭，后来连一些达官贵人、社会名流，都来打她的主意，让她防不胜防。按理说，戏子是卖艺不卖身的，但是能做到不卖身的却很少，有的人甚至连卖都谈不上，而是被人白白地霸占了身子。

　　无依无靠的月儿自然也难逃厄运，曾被一个请她唱堂会的下了迷药，稀里糊涂地失了身。此后月儿吸取了教训，不再出去唱堂会，实在推辞不了，唱完堂会便借机溜走，逃不掉也一定滴水不沾，找出种种借口，摆脱混蛋们的纠缠。若不是她拜了县长的戏迷老娘做了干奶奶，恐怕她的麻烦绝不会比同行的姐妹少多少。

　　营长是在庆功会上认识月儿的。

　　那是在光复了秋凉镇之后，当地的乡绅为了答谢国民革命军，便代表众乡亲开了个庆功会，请了流落到此的戏班子来唱堂会。月儿一出场，营长一下就被摄住了魂魄，一段《钓金龟》下来，他就觉得今后若没有这个女人，自己就无法活下去了。没等庆功会开完，他就托领头的乡绅为自己提亲。

月儿一口就回绝了他的美意。在她看来，这无非又是一个不怀好意的色鬼，想占自己的便宜，这样的人姑奶奶见多了！随后的几天，营长便不顾自己的伤情，亲自出马前去求婚，但月儿总是避而不见，并发下狠话，让他死心。此时县城已经光复，戏班子回到了大戏院。营长伤还没好，虽然不死心，但也只得待在秋凉镇上。

一个月后，营长的伤已无大碍，便溜出医护队，来到了县城，却仍然只能在舞台上看到月儿，连个单独相处的机会也没有，让他寝食难安。几场戏看下来，他更加不能离开这个女人了，便一遍一遍地央求戏班子老板来通融。老板本来就得不到好脸色，更别提让月儿给他什么面子，自然是毫无进展。直到被缠得无奈，就给营长指了一条道，让他去找县长的老娘，才和月儿见了一面。

尽管月儿明白了营长是想娶她当正儿八经的太太，但仍然不应这门亲事。她喜欢的是文弱书生，向往的是才子佳人，而营长却是武夫，并且大她十几岁。

老夫人好说歹说，差点就翻了脸，月儿只是不应。

营长看到这个局面，连忙上前打圆场："婚姻本来就是大事，草率不得，容她考虑考虑，我可以等的！"

老夫人这才转怒为喜："看看，我说啥来着？这还没怎么着呢，就知道护着你了！多体贴呀！你可别不识好歹！"

月儿无奈，只好答应考虑以后再来回话，老夫人这才放她离开。

营长知道月儿是担心老夫人生气，才勉强答应考虑婚事的。

从县长家里出来，感到很是不妥，便告诉月儿，他是一番好意，没想到给她带来了这么大的麻烦，很是歉疚。月儿考虑之后，如果愿意嫁他最好，如果认为两人不合适，明确告诉他就行了，他自会来告诉老夫人，是他自己相中了别家的姑娘，不再提这门亲事，决不给她留下是非。

直到这时，月儿才认真打量了一下眼前这个男人，居然看到了几分温存，几分体贴，感到了一丝从未有过的安全感。如果说在老夫人面前答应考虑婚事只是搪塞的话，现在她已经心甘情愿地面对这门婚事了。

营长有了希望，就变得不温不火起来，唯恐欲速不达，来了个慢工出细活，隔三岔五地来到县城，不厌其烦地向上司请示、汇报，转过脸就来到了戏班子。今天给月儿带个小礼物，明天请月儿下馆子，后天又来请月儿给他唱一段，让他一饱耳福。这样半年下来，他成了月儿的超级戏迷，甚至还能哼上几句，充当一回票友，而月儿也慢慢变得开朗起来，变得依恋他，甚至离不开他了。终于有一天，月儿被滴滴答答的唢呐带回了秋凉镇。

十四、两个人的舞台

对于父亲来说，营长娶回了新媳妇，无非是多侍候一个人，并没有给他带来什么影响。他依旧板着毫无表情的脸，继续干他的活。活多活少也没什么区别，反正闲着也是闲着，多干一会儿活，就少看一会儿帽子。一连半个月，他似乎就没有看过月儿是什么样子，就和房间里添置了一个小板凳没什么两样。

月儿也懒得搭理父亲，和其他人满脸堆笑的搭讪相比，父亲那一张苦大仇深的脸，更让她不快。好在父亲勤快，干事干净利索，这倒让她有了几分满意，才不至于将自己对父亲的反感告诉

≫ 活着回家

丈夫，否则父亲的命运很可能会有很大的改变。

他们互相正眼看对方，是在一天晚上。闲来无事的营长突然心血来潮，要听一段戏，月儿就唱了，而且偏偏唱的是《李逵探母》中母子相逢一折。偏偏就在这个时候，父亲正在和帽子交谈，而且偏偏谈到的内容是奶奶的状况怎么样，自己不能膝前尽孝，愧为人子。如果能够见到奶奶，定当如何如何。正当这时，月儿唱道：

铁牛孩儿回家转
倒让老身心浪翻
想孩儿想得我泪已哭干
想不到今日里又涟涟

"娘啊！"父亲的唱腔犹如喷泉，一下喷薄而出：

见娘亲忙跪倒在地平川
劝老娘莫要再泪水涟涟
都只怪儿不孝闯下祸端
反害得老娘亲遭受牵连
此一番孩儿回家转
定要接老娘亲随儿出山
儿要学乌鸦反哺羊跪乳
整日里行孝在娘亲膝前

一曲落定，所有人都惊呆了。营长和月儿惊的是居然还有人会唱戏，而且还唱得这么好。父亲惊的是不明白和帽子交谈，怎么就唱了出来，一会儿才意识到他是被引诱的，而引诱他的，竟然是眼前这个女人。

"那个谁！你，过来一下！"营长立即发话。

"啪！"一个立正。

"你，会唱戏？"

"不！"

"那你刚才，怎么就唱上啦？"

"不知道！"

"唱得那么好，肯定是个行家！"月儿眉开眼笑，像是找到了知音。

"我，我去扫地！"不等营长发话，他已经跑开，抓起扫帚，重新扫起了已经干净的院子。

月儿还想说什么，被营长制止了。

营长一时喜上心头。李别子死后，营长看着年轻的父亲，不由得动了恻隐之心，就让他来当自己的勤务兵，不是为了他能干出点什么，而是看他年纪太小，把他保护起来，似乎是要告慰李别子的在天之灵，又像是给自己找宽心。一直以来，他也隐约地感到，这个小兵仔不简单，骨子里有股倔劲，不由得心里喜欢起来，但万万没想到，他竟有这样的本事。有了他陪着月儿唱戏，自己可以大饱戏瘾，也免得月儿感到寂寞，实在是一举两得。

父亲还没有缓过神来，自从自己逃跑被抓回来，就没有再想过戏剧的事。特别是李别子死后，他整日被痛苦包围着，让他喘不过气来，他只有通过李别子的那顶帽子，想起李别子的林林总总，懊悔着自己对他的种种误解，不知道珍惜李别子为他做的一切。他觉得该死的人应该是自己，是自己连累李别子，为了救他而被炸死，甚至希望能把李别子换回来。

》 活着回家

这天，若不是那么多的巧合撞在了一起，他是绝对不会再唱戏的。当营长和月儿一再追问时，他还不知道这对他到底意味着什么。直到此后同月儿几次对唱之后，他才慢慢地找回了当兵前对戏剧的那种感觉。

　　开始的时候，还一时难以相互适应，总也找不到那天对唱时那种水乳交融、浑然一体的感觉来。月儿和他都感到很失落。营长就专门从镇上请来了琴师，几天磨合下来，才算有了几分默契。营长和月儿基本满意了，但父亲仍然认为还差很远，而且他认识到，原因是出在自己的身上，总是心存顾忌，不能全身心的投入。现在才知道，看别人表演，总能找出破绽来，等到自己表演，就完全成了另一回事。想起自己从前在戏园子挑剔别人的事，他感到一阵阵脸红。

　　但父亲毕竟是父亲，不愧是个戏剧表演的天才，经过几天的适应，渐渐入戏了，一听到琴师拉起过门，立刻像接收到了某种指令，一下进入了状态，身边的所有人，对于他仿佛都成了黄瓜茄子白菜葱，构不成任何搅扰。

　　月儿不由得暗暗称奇，实在不敢把对戏剧有如此的造诣，同眼前这个毛头小子联系在一起。随着两人合作的不断深入，不断扩展，月儿的惊奇每天都在增加着。

　　他们的合作开始时仅仅限于自娱自乐，慢慢地就变成了一种探讨，一种研究，从《李逵探母》到《赤桑镇》，再由《狸猫换太子》到《铡美案》，凡是两个人能想到的老旦和花脸对唱的选段，他们都试唱了一个遍，常常听得营长和琴师拍案叫绝。到最后，琴师主动谢绝工钱，说自己能为这么好的角儿操琴，已经是三生有幸了，随便给口饭吃就已经知足了。

　　时间一长，听众队伍也在不断扩大，先是营里的卫兵，接着是几个当官的，再后来一些当兵的也凑了进来，甚至发展到正儿八经地为全营的官兵进行了公开表演，到后来连镇上的乡亲也惊动了，于是便有不少人夜夜跑过来，看不花钱的戏。

月儿渐渐感到不满足了，不能总让大家听那么几段戏，于是想到各自独唱一些选段。她便首先选中了《钓金龟》骂张义一段，不想她刚刚唱完，父亲就接着张义的词唱了下去，而且有板有眼，毫不逊色。

"你还会丑角儿？"月儿再次感到吃惊。

"嗯。"

"咋不早说？"

"没人问我啊。"

"你还会什么？"

"都会一点儿。"

"什么！"父亲也太口满了，月儿自然不信，"老旦呢？"

"也会一点。"父亲仍不改口。

月儿彻底起劲了："好好好！你，你也来来这一段！"

这段唱是月儿的拿手好戏，唱堂会的时候，总是被人点来点去的。

父亲也不推辞，张口就来："叫张义我的儿啊，听娘教训"，就这么一嗓子唱下来，月儿立刻花容失色了。父亲的唱腔字正腔圆，回肠荡气，一板一眼丝毫不差，而且老旦唱腔中的那种辽阔和苍凉，被他发挥到了极致，行家们一听便知道，这唱功比起月儿来，还要略胜一筹。

月儿惊讶地张大了嘴巴，直到父亲唱完，听众们掌声不息，她才回过神来，勉强鼓了几下掌。她本来是为了将父亲一军，打击一下嚣张气焰，没想到自己的看家本事，反而被这么轻而易举

>> 活着回家

的打败了，一下心慌意乱。

父亲却得意忘形起来，被人簇拥着喝彩，不觉喜形于色。幸好营长看到了月儿的不快，立即叫停，说时间已经不早，大家各自散了，来日再唱。大家这才悻悻离去。父亲这才意识到自己犯了大忌，满脸的笑容一下凝固了。

其实，没几个人明白父亲赢了月儿。常言道：内行看门道，外行看热闹。大家热情为父亲喝彩，并不是认为父亲比月儿唱得好，而是本来父亲只是唱花脸，而这次却是反串老旦，大家的期望值并不高，一看父亲没有被难倒，唱得有模有样，大大出乎人们的预料，因此才大声喝彩。人们真正喜欢的还是月儿。那时节女角儿并不多，青衣、花旦、老旦，大都靠男子来演，人们更喜欢能看到真正的女角儿，更何况月儿貌美如花，又是营长的新娘子，与其说是来听月儿唱戏，还不如说是来看月儿本人。而父亲，充其量是个跑龙套的，有没有都关系不大。

真正能够看出门道的，也只有月儿和琴师，营长也只是从月儿的表情上看出了几分端倪，才连忙给月儿解了围。父亲根本就没有在意这些，对他来说，这只不过是一时兴起露上一小手，显摆一下自己的能耐，但对月儿来说，这样的打击猝不及防，甚至在那一瞬间彻底摧毁了她的自信。她十年来辛辛苦苦练功积累下来的成果，在父亲如同儿戏的炫耀之间，灰飞烟灭了。

第二天，月儿没来唱戏，人们聚来，又散去。

第三天，仍有一些人凑到了一起，看看没有什么动静，又都识趣地走开了。

直到第七天，营长和月儿终于找来了父亲。

十五、入戏

父亲由那个多才多艺的戏子，又变回了从前那个沉默的勤务兵。他已经知道，自己其实就是别人手中的风筝，别看飞得很高，出尽了风头，却是攥在别人手里，一撒手，他就会一个筋斗掉下来，摔得粉身碎骨。飞上去还是摔下来，全看人家高兴，自己根本没有任何的选择余地。

月儿问父亲，能不能再唱几段老旦的唱段，父亲说，不。

"怎么啦？"

"还要扫地。"

营长笑笑："今后你不用扫地了，就和太太练练唱段，练好以后，就到各连演出，官兵同乐，也能鼓舞士气。这是你今后的任务。"

"我，是！可是，我不唱老旦了。"

"为什么？"

"报告营长！我，只会那一段。"

月儿笑了，知道这是父亲故意给她留点面子，便有意不说破："唱什么段子，我们根据情况再定吧。"

"是！"

此后，父亲、月儿和琴师，便整天待在了一起，练习各种唱段。父亲几乎串唱了各种行当，唯独不唱老旦，月儿仍旧只唱老旦，不唱别的行当。时隔不久，他们就到各连队去演出，营长仍是逢场必到，是他们最大的支持者。

父亲仿佛分身成了两个人，戏内他是个出色的演员，戏外他依旧还是那个沉默的勤务兵，入戏快，出戏也快。这会儿还在扫地抹桌子，马上胡琴一响，他立马就进入了角色。演出刚刚落幕，没等大家的喝彩声停下来，就立刻换成了那个沉默寡言的小

▷▷ 活着回家

兵，拉下那张毫无表情的脸孔来。

父亲的变化让月儿感到不安，一时难以适应。她试图用各种办法，来打消父亲的顾虑，但都没能成功，父亲总是戏内戏外界限分明，从不混淆。直到月儿要反串老生，要父亲教她演唱时，才和她的关系慢慢缓和了下来。

月儿学戏和父亲不同，她只学过老旦，别的角色虽然经常和她搭戏，但她从来就没有留过心，就连戏词也只是记下了自己的，知道上下接词，别的就不管了。而父亲却是全才，不但肚子里装着几十部完整的戏文，而且各个道白、唱腔、做功，都一一铭记在心，教月儿学戏，实在如探囊取物，信手拈来。

他很快发现，自己的学生好厉害，一段戏听他唱过一遍，戏词便熟记于心了，待他教过四五遍，就能大致唱出来，一板一眼的，毫不含糊。没过五天，父亲和月儿合演的《将相和》赔情一折，居然能够出演了，月儿扮演的蔺相如和他扮演的廉颇，居然相得益彰，取得了圆满的成功。这让他不得不对这个女人，暗自折服。

更加折服的是月儿，从艺十年来，她从来就没有听说过谁有父亲这样的本事，不但唱的出色，教戏也一套一套的。第一次听父亲串唱老旦，惊讶之余，她不免心生几分妒忌，几分不安，但随着父亲教授技艺的不断深入，她越发感到了自己的差距。然而差距越拉越大，她的妒忌和不快反而越来越小，最后甘当起小学生来，对父亲只剩下崇拜了。

接下来，月儿又要学花旦，父亲不假思索，随意挑了个《梁祝》里的十八相送一折。他根本就没有去想，这对他，对月儿意味着什么。压沉一条船，有时候仅仅需要一根稻草。这个小小的疏忽，差点给自己招来一场杀身之祸。

十六、梦中人

　　选这出戏本来没有错，这确实是花旦、小生戏的经典。梁祝相送，却各怀心思。一个是送朋友，一个是别情郎；一个机敏狡黠，一个老实木讷，戏味十足。观众看起来自然是如痴如醉。月儿漂亮、聪慧，扮演祝英台是再合适不过的。父亲串演梁山伯当然更无不妥，这个角色对于他也算是小菜一碟。但他们在此时此刻组合在一起，第一天学戏，就出了事。

　　开始的时候还一切正常，父亲先把两个角色的戏词串唱了一遍，月儿也顺利记下了戏词，下面学唱段，进展更是出奇的顺利，父亲教得仔细，月儿学得认真，四五遍后，两人就能把戏文演唱一遍，感到十分欣喜。一直到排练观音庙祝英台引诱梁山伯拜堂，两人拉着手一起跪地，向观音叩拜时，却突然像是同时触了电，一下僵在了那里，接着一阵惊慌，手忙脚乱，两人的脸都被烧得绯红。

　　琴师被迫中止，父亲和月儿呆若木鸡。

　　"我，我有点不舒服。"还是月儿反应快，不等声音落下，就匆匆逃出了排练室。

　　"我去扫地！"父亲立即受到了启发，走得更加匆忙，以至于走错了方向，差点被窗户撞到脑袋。

　　琴师摇摇头，长叹了一声，抱着胡琴走了出去。

　　父亲逃回宿舍的时候，依旧喘着粗气，心脏狂跳不止。他自己也不知道到底发生了什么，这一切来得猝不及防，让他毫无思想准备，一下掉进了混沌之中。他虽然已经娶亲，但这种感觉他还根本没有过。这个未曾体验、充满恐慌、充满诱惑的新问题，

》 活着回家

把他彻彻底底的击溃了，让他毫无招架之力，陷入无助的混乱之中。

"我这是怎么啦？"平静一点的父亲开始问自己，但他越想越糊涂，处在懵懂之中。他猜想可能是紧张，不对，没什么可紧张的。是害怕女人？也不是，以前不是好好的吗？思来想去，他始终找不到自己认为正确的答案，只好又拿出那顶帽子，希望能给他指点迷津。

月儿也不比他好到哪里去，逃回住处，便立即关上了房门，像是在防备什么人似的，然后倒在床上，拉过被子蒙在了头上。"我这是怎么啦？"她开始问自己，但她也无法回答。一直以来，她认为接近自己的男人都没安什么好心，像防贼、防狗、防狼一样，充满了戒心，营长苦苦追了半年多，她才答应嫁给他。直到婚后，营长处处留心、时时在意地体贴她，疼她，才使她如释重负，终于找到了一个可以闭着双眼睡觉的地方，使她感到从未有过的踏实。尽管觉得营长不尽如人意，心里有几分空落落，但她还是知足的。

对于父亲，她从来没有提防过什么。在她的眼中，刚认识的时候，父亲只不过是一个小兵仔，根本没放在眼里。开始唱戏，她觉得父亲就像他的小师弟，两人在一起无非就是唱唱戏，并没有什么别的感觉。日子久了，两人的合作多了，她觉得父亲是她的一个不错的搭档，甚至慢慢地有些喜爱，就像喜爱自己的弟弟。等到跟着父亲学戏，她便多出几分赞赏，几分钦佩，几分仰慕和崇拜来，感觉父亲又像是师傅，又像是弟弟，但她始终没有动过别的什么念头。她从来就没有过爱的体验，哪怕是演戏。由于她的行当是老旦，没有演过卿卿我我、恩恩爱爱的剧情，虽然也常看别人演的那些才子佳人的故事，但由于她的身世和经历，从来就没有奢望过，最多只是内心深处存在着一个梦想而已。就在她和父亲排练牵手拜堂的一瞬间，像是在暗夜的沉睡中，被闪电刺目的光芒惊醒了一样，慌乱地不知所措。

"莫非，是我——？不！不可能！"她不敢往下再想，把头捂得更紧了……

第二天排练，两人似乎都已经平静下来，尤其是月儿，显得落落大方，举止从容，比平时更为自如。见到琴师，还极为得体的给自己打圆场，说自己昨天突然感到不适，走得匆忙，实在失礼得很。琴师自然顺水推舟，连说人吃五谷杂粮，难免会偶感不适，算不得什么的，太太不必介意。如此一来，也便各自讨得自在。

但是纸是包不住火的，等到开始排练，立即露出了马脚。月儿越是刻意地掩饰自己，越是现出破绽，很快就原形毕露了。她不敢看父亲，但又身不由己地偷看一眼，这一看却看到父亲正在偷看她，立即面红耳赤，连忙开始唱戏，可她的声音立即出卖了她，不是跑调，就是忘词，让她更加尴尬。她不由又看了父亲一眼，而父亲却正呆呆地看她，这让她更加紧张，立即慌乱不堪，无所适从。

父亲就更加糟糕了，他虽然已经下定决心，不再胡思乱想，专心排练，但他根本就不可能做到，不是心乱如麻，难以保持平静，就是看着月儿发呆，彻底地意乱情迷了。

排练无法继续下去了。琴师再也沉不住气，站起来对月儿说："太太，想必是贵体还没能完全康复，今天是不是先停停，等您复原了再练呢？"

≫ 活着回家

"好！好好！"月儿如获大赦，立即同意，匆匆逃走了，临到门外，又忍不住回头看了父亲一眼。

父亲见状，也随即出门。

"等等！"

琴师叫住了他，两眼盯了他好久，不住地摇头："小伙子啊！知道你在干什么吗？"

"这，不是唱戏吗？"父亲不解。

"你这是玩命啊！"

父亲更蒙了："这，怎么？为什么呀？"

"你真不知道？"琴师盯着父亲，确信父亲没有说谎，才接着说，"也罢！念你年幼无知，我就索性多一次嘴了！小伙子，你竟敢打太太的主意，不想活了！"

"啊！"

琴师的一句话，惊出父亲一身冷汗来。

一阵眩晕之后，他才发现房间里只剩下了他一个人。他感到十分的委屈，但又百口莫辩。等他冷静下来，又觉得琴师可能是对的，莫非自己是真的喜欢月儿，可自己并没有非分之想啊？他好想找人说说清楚，可又能找谁呢？他想到了李别子。

但是，李别子可能根本就不懂爱情，因为父亲同帽子交谈了很久，仍然没有得到任何启迪，还是不能平静下来。他十分的无助和茫然，只好又拿起扫帚，一遍又一遍的扫地，一遍又一遍的擦桌子，一遍又一遍地和顺手能拿到的物件不停地较劲。

此时的月儿已经明白，她的确爱上这个小兵仔了。在上次两个人的失态之后，她还不愿承认这个事实，甚至设想了种种可能出现的问题，并想好了应对之策，于是气昂昂地走进了排练室。

但是，在见到父亲的那一刻，她发现她那武装到牙齿的伪装，在瞬间被剥去了。尽管她是从风月场中走出来的，而且又比父亲大三岁，但在这方面她也没有任何经验，自己闭门造车设计出的那些方案，根本就是纸上谈兵，解决不了实际问题。她深深地感到了自己的无力和无助，可她甚至连父亲那样的帽子也没一顶，更指望不上谁能帮她，只好一个人躲到了床上。

她想强迫自己入睡，但翻来覆去烙了半天烧饼，依然毫无睡意。她又企图把父亲从脑海里赶出去，但忙活了半天，才知道完全是徒劳的。父亲的举手投足，一颦一笑，一个眼神，一个小动作，甚至打喷嚏时下意识的表情，都一股脑地挤进来，让她不得安宁。经过一阵挣扎之后，她才渐渐平静下来，不是已经置身事外，而是陷入对父亲的回忆里。随着一幕一幕情景的再现，一阵一阵地甜笑起来，直到她彻底沉醉其中。

她确信父亲也是爱她的，就像她爱着父亲一样，这让她感到从未有过的幸福和满足，她觉得能在茫茫人海中，找到自己真正喜欢的人，而且碰巧这个人也正喜欢着她，简直就是人间奇迹，感到万分的庆幸。

有生以来，她似乎总是被动的，被人买来卖去，被人逼着当使唤丫头，逼着学戏，逼着演出，逼着上床，就连营长的求婚，对她来说也是别无选择的。而这次，她要为自己做主，做一件属于自己，而又是自己选择的事情。

等到第二天醒来，她又否定了自己辛苦了半夜做出的决定。眼前这一切，同样是别无选择的。这突如其来的幸福，已经来得太晚了。当她似乎可以选择的时候，却早已失去了选择的余地。她想到了营长，想到了自己的名节。

她早早地来到了排练室，等待着父亲的出现，却没有等到，

≫ 活着回家

这让她感到不安。以前总是父亲先到，打扫完卫生，等着琴师和她到来。今天他们已经等了半天，却迟迟不见父亲露面。

开始，她还认为是自己想见父亲的心情太迫切了，才显得这么焦急，可能父亲只是迟到了一点点。她坚持沉住气，不再一刻三回头地看门口。等来等去，她突然产生了某种不祥的预感，就连忙喊来勤务兵去找父亲。勤务兵很快回来，说没有找到。这一下让她更加紧张，连忙让勤务兵去立即查问，向她报告。但勤务兵前脚刚出门，她就后脚跟了出来。

他们终于在哨兵那里得到了可怕的消息，父亲一大早就进城了，说是太太让他去购置行头。

"跑了！"月儿立即明白了。

这个意外的变故，把她彻底打蒙了。一阵迷乱之后，她仍然无法把持自己，无法想象没有父亲的真正后果。父亲离开了，她就必须一起走，便立即做出决定：追！

就在月儿离开不到半个小时，营长回来了，得知了父亲和月儿先后离开的消息，不由分说，立刻翻身上马，追了出去。

士兵们个个面面相觑，不敢多问。只有琴师轻轻地叹口气："唉！作孽呀！"

十七、我该怎么面对你

月儿本来是追不上父亲的，偏偏有个人鬼使神差地帮了她的忙，那就是父亲的克星蒋排长。

蒋排长这时已经是蒋副连长了，本来他在小李村战役中立了大功，连长升成了营长，其他的排长也都随之升任连长，而他却因为恶名在外没有得到任何升迁。要不是营长向上司据理力争，他就连这个副连长也当不上了。

原来，父亲经过一夜的思考，再次感到走投无路了。他当初看到李别子的死，一心只想着杀几个鬼子，给李别子和乡亲们报仇，但营长却让他当了勤务兵。再后来开始唱戏，使他得到了施展的空间，觉得营长待他不薄，暗暗发誓绝不辜负营长的期望，一定把戏唱好。现在突然出现了月儿的事情，更为可怕的是，他也喜欢月儿。在他看来，这绝对是大逆不道的。喜欢上了别人的老婆，而这个人又有恩于自己，这是万万不可以发生的。他深知如果再和月儿待下去，他会陷得更深，最终无法自拔，到头来害人害己。自己必须离开，不能对不住营长，而月儿就更不能受到他的连累。他知道，逃跑是杀头之罪。但继续待下去，同样是死路一条，还会连累月儿。两害相权取其轻，逃跑可能还有一线生机，万一事情败露，那也只是自己一个人的事。于是他再次制订了逃跑方案，决定在天亮之后，大摇大摆地走出军营，踏上回家的路。

他因为有了上次的经验教训，这次逃跑已经是个熟练工了。加上现在他因为多次演出，已经是个名人，打着给太太买行头的幌子，自然一路畅通无阻。可偏偏人算不如天算，他又一次意外地遇上了蒋副连长。就在他将要走出防区的时候，和查岗的蒋副连长撞了个正着。这次虽是有备而来，但他还是怔了一下。

"站住！"

父亲站下，已经冷静了许多。

"干什么去？"

"太太让我去买行头。"

父亲不提这茬还好，一提这个，蒋副连长就来气。他本来就不喜欢父亲，而且父亲还有逃跑的前科，更是让他讨厌。无奈营长护着，他也只好放手。本来是眼不见心不烦，大家井水不犯河水，可父亲却到处去唱戏，他平生又极不喜欢戏子，这就让他更加不能容忍。再加上因为唱戏，父亲一个小小的逃兵，居然人模狗样起来，看着自然是气上加气。现在父亲提起这事，刚好撞到了枪口上。

"哦！"蒋副连长来了精神，回头对手下一声令下，"给我搜！"

父亲身上只有几个铜板，那是他的饷银。

蒋副连长得到证据，立即得意起来："买行头就带这几个钱？把老子当傻瓜啊！我看你这是逃跑！"

父亲可能是演戏有了经验，反倒出奇的冷静："太太说我一个人带着钱她不放心，让我先去看看货色，她随后再来付钱。不信可以去问太太。"

父亲的话入情入理，让蒋副连长一时摸不清虚实。他不愿就这么放了父亲，但又不想得罪了太太，就下令把人关起来，等问清楚再说。

父亲本来是想表演地理直气壮，才让蒋副连长去问太太，以便蒙混过关，却没想到没能唬住蒋副连长，真的要去核实，不由得暗暗叫苦。看来这次的确是在劫难逃了，谎言很快就会被揭穿，肯定不会再像上次那样走运了。

他没想到，月儿会主动追了上来。

面对蒋副连长的询问，月儿毫不含糊地为他圆了谎，并说这是营长吩咐的事情。

蒋副连长无话可说了，只有放行。

不到十分钟，营长的马就赶到了，询问是否看到了太太。蒋副连长立即报告，太太和父亲奉了营长的命令，已前往县城购买行头去了，两人刚刚离开。

这一说不打紧，营长的脸一下变得铁青，纵马而去，接着便拔出手枪，推弹上膛。

父亲和月儿过了最后一个哨卡，走出所有人的视线，立即拐进了路边的一个土包后面。由于紧张慌乱，月儿的纱巾落在地上，也没有察觉，像是有意给谁留下的路标。

一翻过土包，月儿立刻扑向他，抱着呜呜大哭，接着抢起粉拳，捶打起来："你个狠心贼！就这么跑了！连你也不管我了，你让我怎么办！"

父亲早已是面红耳赤，手脚找不到放置的地方，他好想抱着月儿，一起大哭一场，但试了几试，终于没能抬起双臂来。

他的无动于衷，很快被月儿察觉了。月儿极力克制自己，慢慢抽泣着平静下来，迅速清理着自己的思路。

"你要走也行，带我一起走！"

"不，不能！"父亲颤巍巍的。

"怎么？你，难道，不喜欢我？"月儿紧追不舍。

"不是的！"

"那为什么？"

"营长……不能对不起……"

"……"

月儿的泪水再次夺眶而出："可我，只喜欢你！我离不开你！"

"我，有，媳妇的。"

月儿沉默了。她早就发下誓愿，绝不给人当小的。但是——

"只要你对我好，做小的，也行！"

121　　　　　　　　　　　　≫ 活着回家

父亲不由鼻子一酸，泪水夺眶而出："可我，我，我不能。"

"为什么？"

父亲抬手擦去泪水："我也不是不想，可我做不到！我这次还不知道能不能逃出去，要是被抓回去，就必死无疑。即使不被抓住，我离家一万多里，一路上兵荒马乱，能不能活着回去，连我都不知道，我哪里能保护了你，养得活你啊！"

"我不管！只要能和你在一起，怎么都行！要活一起活，要死一起死！"

父亲从来没有这样感动过，但他清醒地知道，让月儿跟上他，只能害了月儿。想到这里，他终于狠下心来："姐！我知道你对我好，我也喜欢姐姐。只恨我自己没能耐，不能好好待你，只会害了你的！你也好好想想，现在这样的世道，只有营长这样的人，才能保护得了你的！我不配和你在一起的！再和你在一起，迟早要让营长知道，这样只能害了你呀！要不是怕连累了你，我就不跑了！姐，就算兄弟这辈子对不住你了，你就放我走吧！要是能活着回去，就能孝敬我的老娘，等我父亲出狱，还有，对得起我媳妇……你，好好和营长过日子吧！他是个好人！我们，就认命吧！"

月儿还想说什么，但没能说出来，不住地抽泣着。

"你们好大的胆！出来！"

突然传来了营长的声音。

两人一下大惊失色，月儿不禁扑到了父亲的怀里。

父亲一定神，用力推开月儿，冲了出来："这都是我的错，与太太无关！"

父亲的话音刚落，已经被月儿挡在了前面："不！是我的错，我让他……"

"住口！"营长立即打断了月儿的话，"你们太大胆了！要买行头，办戏班子，这么大的事，不和我商量，就敢擅自做主！"

"……"

父亲和月儿都愣住了。

营长走到月儿面前，把手中的纱巾围在月儿脖子上，抱起月儿，放在了马上，回头对发呆的父亲说："还愣着干什么！走啊！我们一起去看行头！"

营长牵着马，月儿骑在马上，父亲跟在后面，向县城方向走去。

营长这一意想不到的举动，让父亲成了丈二和尚，一下子摸不着头脑。

还是月儿反应得快，看到营长走在前边，便偷偷地向父亲递了个眼色，不让他作声，确信父亲明白了她的意思，才幽幽地对营长说："对不起，都是我的错，我怕和你说你不同意，就想先买好了行头，再给你说。"

营长像是已经消了火气，声音也柔和了下来："不说这个了！我们这就去买些行头、器乐，回来就成立个戏班子，你们两个好好把戏班子给我办好了！"

"好，好！"月儿立即答应着，回头看看父亲，说："还不谢谢营长！"

父亲得到指令，连忙应声："谢谢营长！"

营长沉吟了一阵儿，回头问道："我看，你们两个很有缘分，不如你们结拜为姐弟，今后也不会有，有什么不便，这样就成了一家人了，同心协力，办好戏班子！你们觉得如何？"

父亲看看月儿，月儿看看父亲，都说不出话来。

"怎么？你们不愿意？"

"不是……"父亲支吾着。

　　"那不就成了！"营长很是兴奋，回头看着月儿，"你呢？愿意吗？"

　　月儿眼圈一红，强忍着没让泪水流出来，还是点了点头。

　　营长更加高兴了："既然你们都同意，我看不如现在在这里结拜好了，我来给你们做个见证。"说着抱下月儿，就让两人见礼，草草举行了个仪式。父亲因为是弟弟，就再次跪下，给月儿磕头。月儿的泪水夺眶而出，伸手扶起父亲："想不到，我居然，有了弟弟了……"

　　"我也有内弟了！"营长远比月儿高兴得多，拉着父亲的手，"还不叫姐姐！"

　　"是！营长！"

　　"嗳！今后没有外人，就叫我姐夫！"

　　"是！营，姐，姐夫！"

　　父亲解下脖子上"长命百岁"的银锁，当作礼物送给月儿。月儿因为身无长物，就许诺到了城里再给补上。

　　三日后，营长宣布成立戏班子，父亲破格晋升为少尉，担任戏班教官，开始从全营挑选演员。

　　父亲得到了更大的用武之地，立刻忙活起来，先是挑演员，后是教戏，唱念做打一一传授，丝毫也不敢马虎。不出仨月，父亲的戏班子就有模有样的演出了，而且大获成功。

　　就这样，父亲和他的戏班子，得以留守后方。六年来，抗战后期和国共两党决战的烽火，都没能烧到他们身上。若不是他们的部队被解放军打垮，父亲的戏还会这样一直唱下去。

十八、飞鸟各投林

部队被彻底击溃了，点清人数，包括戏班子、伙夫、伤兵在内，统共只有七十八人。当官的只剩下了营长、蒋副连长和一个负伤的排长了。

营长命令稍事休整，等到天亮全营出动，与共军决一死战。

戏班子被编成了一个排，配上了枪支弹药，父亲摇身一变成了排长。

这时的父亲已经二十二岁，彻彻底底是个大男人了。不过当兵七年多了，还只是在小李村时，稀里糊涂地打了那一枪。他掂掂手里的手枪，还是那样很沉重。他刚知道怎样用枪，知道了怎么装子弹、开保险、扣扳机。他知道，又到了他必须冲锋陷阵的时候了。

别人都躺下了，他去睡不着，又找出那顶帽子来，翻来覆去地看个没完。尽管那顶帽子从来没有离开过他的身体，但他已经很久没有和帽子交谈了。他静静地看着那帽子，像是看着李别子，他感到了一阵愧疚，几年来自己春风得意，忙活的不可开交，似乎把李别子遗忘了。现在大战在即，才又想起了李别子，他感到像是临时抱佛脚，心生深深的自责。他不知道，自己明天能不能活下来，能不能像他承诺的那样，带着李别子回家，不觉一丝恐惧涌上了心头。

没容他多想，他看到有人从人堆里爬了起来。借着月光，他一眼认出是蒋副连长。他本以为蒋副连长可能是要起来解手的，但立即感到不大对头，蒋副连长不像平时那样大模大样，而是像一个小偷，东张西望，鬼鬼祟祟的。他感到纳闷，便不动声色，等蒋副连长离开后，悄悄地跟在后面。

蒋副连长并没有解手，而是东躲西闪，悄悄地溜出了营地，

》活着回家

接着撒腿就跑。他想逃！

"站住！"

父亲突然大喝一声，吓得蒋副连长浑身一震，像被使了定身法，一动也不能动了。

原来这个混蛋，也有胆怯的时候！面对解放军的炮火，他的连队几乎全军覆没。若不是他急中生智，拉过两具尸体盖在自己的身上，躲过了冲上来的解放军，恐怕早上西天了。好容易逃回营部，本希望补充一下兵源，没想到别的连队和他们差不多，便一下就像泄了气的皮球，再也没了一点精神。听到营长明天要带领全营主动出击，断定这是拿着鸡蛋碰石头，自己如果真的跟着冲上去，那就必死无疑。为了保住性命，他等到大家都休息后，便准备逃跑，不想被父亲逮了个正着。

父亲已经握枪在手，对准他慢慢逼近。他渐渐缓过神，慢慢转过身来。当他看清抓他的居然是父亲，便不由哑然失笑。他根本就没有把父亲放在过眼里。

"你想逃跑？"父亲咄咄逼人。

蒋副连长毫不在乎："那又怎么样？"

"我要抓你回去！"

"就凭你？"蒋副连长不屑一顾，回身就走。

"叭！"父亲手中的枪响了，蒋排长的半个右耳被打飞，鲜血立刻涌了出来。

其实父亲并不会打枪，只是看到蒋副连长想走，一时性急扣了一下扳机，也许真是天意，刚好打中了蒋副连长的耳朵。

蒋副连长一下被镇住了，他没想到父亲的枪法居然那么准，一下被吓破了胆子，再也不敢造次了。

父亲也被眼前的情形惊呆了，但他立即沉住气息，命令蒋副连长交出手枪，扔在地上。

蒋副连长再清楚不过了，临阵脱逃，必死无疑，不觉冒出一身冷汗，只得向父亲跪下了。

"兄弟……"

"谁是你的兄弟！"父亲变得凶神恶煞起来。

"大，大爷！饶了我！高抬贵手放了我吧！"

"放你？"父亲更来气了，"当初我求你放我，你放了吗？"

"我，我该死！我罪该万死！你大人不计小人过，别跟我一般见识，放了我吧！"

父亲不由想起当初他被蒋副连长抓回，受尽了羞辱，而这个给他留下深仇大恨的恶人，居然求着自己让放了他，不觉冷冷发笑。

"放了你可以，你先给我一个理由！"

"我……"蒋副连长一时语塞了。

"你有父母要养？"

"我，我有八十老母……"

"叭！"父亲再次扣动了扳机，子弹落在蒋副连长身边，溅起一簇尘土。

"说实话！"

"饶命！我父母，早死了。"

"你有老婆在家等你？"

"我老婆让仇人杀了。"

"你有兄弟姐妹需要照顾？"

"我没有……"

"你真可怜！什么都没有了，为什么还要活着？"

"我，我，我不想死。"蒋副连长仍然磕头求饶。

127

父亲在琢磨着如何来处置这个仇人，这个外强中干的可怜人。如果他不求饶，父亲可能还觉得他是个人物，把他当成自己的对手，当看到他这副熊样，反倒下不了手了。蒋副连长看到父亲已经心软了，就不停地磕着响头，连连求饶。

　　"好吧！我来给你一个理由！我杀你还是放你，对于我没什么两样。杀了你，对我也没什么好处，放了你也没什么坏处，而对你，却是身家性命的大事。杀了你，是害了一条命，是作恶；放了你是救一条命，是行善。我不想作恶，所以，放了你！"

　　"谢谢大爷！"蒋副连长等不得一声，立即抱头鼠窜了。

　　父亲长出一口气，不觉鼻子一酸，差点流下泪来。他回过头来，却看到营长正在看着他。

　　"营长！我……"

　　营长摆摆手："我都看到了。"

　　他跟着营长，无声地往回走去，感到从未有过的轻松。长期以来，蒋副连长带给他的羞辱，一直像磨盘一样压在他的心头，让他喘不过气来。没想到善恶终有报，就这一会儿的工夫，他的这口恶气一下出尽了。尽管没有像他预想的那样杀了蒋副连长，但这比杀了更加让他满意。他终于雪洗了所有的羞辱，可以扬眉吐气了！

　　营长突然停下了脚步，对着他跪下了。

　　"营长！你这是？"他一时手忙脚乱，赶紧去扶营长，但营长却坚持不起。

　　"兄弟！哥哥求你一件事，你一定得答应我！"

　　"好好！我答应，我答应！你起来！"

　　营长这才起来，幽幽地说："我来找你，想请你带着月儿离开这里！"

"啊！"父亲立即紧张起来，"你这是……"

营长望着父亲："我知道月儿喜欢你，你也喜欢月儿。你带她走吧！"

"你，你怎么能……"

"傻兄弟！明天我就要上战场了，此去必死无疑。现在我唯一的牵挂就是月儿。我知道你是个有情有义的人，宅心仁厚，连仇人都能放过，一定不会亏待了月儿。我就把她托付给你，也就了无牵挂了。"

"可是，既然明知是一死，为何还要去打呀？"

"为了党国的利益，军人应该杀身成仁啊。"

"大哥！既然你把我当兄弟，能不能听我说句话？"

"当然！兄弟但说无妨！"

"既然我已和月儿结拜为姐弟，我怎么还能娶她为妻呢？"

"这，你们又不是亲姐弟，当然可以的。"

"可我们已经结拜，我不能违背当初的盟誓呀！你是她的丈夫，又那么喜欢她，临到要去死了，还要把她安排好。为什么不照顾她一辈子呢！"

"可我，这不是要战死沙场了吗！这是我的宿命啊！"

两个人都沉默了。父亲的大脑在飞快地旋转着。这一切来得太突然了。他这才知道，自己和月儿的事情，营长完全知道，却没有说破，反而让他们认作姐弟，在一起唱戏这么多年，他不由对营长肃然起敬。到现在，营长想放他们一条生路，让他带着月儿逃走，自己却要去杀身成仁，实在是个顶天立地的大丈夫！但他这样去白白送死，不是太傻了吗？既然想到让他和月儿走，为什么不一起逃个活命呢！

"我看，你还是带着我姐远走高飞吧！"父亲终于拿定了主

>> 活着回家

意。

　　"我是军人，为了党国的利益，就该……"

　　"党国？党国在哪？谁见过党国呀？上峰不是已经跑了吗？他们要打仗，关你什么事，非要你去送死？你死了党国就能胜吗？党国并不在乎你一个人，但我姐在乎！她就你这么一个亲人，你的命也不全是你的，也是她的！照顾她才是你的责任啊，你怎么能推给我呢？"

　　营长惊诧不已，没想到眼前这个年轻人，能够说出这番道理来，一时不知如何应对。

　　"大哥！"父亲接着说，"你再看看咱们那些兄弟，他们也都和你我一样，有血有肉，他们的命也不全是自己的，也有亲人需要照顾啊！你既然想到放我一条生路，就别再带着他们去送死了！"

　　营长依然转不过弯来。

　　父亲接着说："大哥，听兄弟一句劝，把队伍都散了，让大家逃个活命去吧！你带着我姐远走高飞，找个清净的地方好好过日子，恩恩爱爱过一辈子多好啊！我也可以回家，照顾我的家人，给父母养老送终，和媳妇过下半辈子了！"

　　就在这时，月儿一下跑了过来，扑进了营长的怀里，嘤嘤哭了。哭过之后，才抬起头来，说："兄弟说得对，我们走吧，找个地方隐名埋姓，男耕女织，去过神仙一样的日子！你们说的我都听见了，我知道你是为我好，但我真正离不开的是你，和你在一起我才踏实。我今后一定都听你的，和你好好过日子！"

　　（多年以后，父亲对自己那天的建议感到万分的后悔，正因为营长听了他的建议，才让大家各自逃生，结果不少人都没有好结果。营长当了俘虏，直到六年后遇上特赦，才被放了出来。月儿因为是战犯家属，受尽了磨难，没能等到丈夫出来，就因贫困潦倒而死。如果当初他有先见之明，并能劝说营长向解放军投诚，那么大家都可能成为解放军的一员，都可以有个好归属，即使在以后的战斗中死去，最起码也可以成为烈士，家人也能沾点光，他自己也不至于经过了那么多次生死磨难，多次命悬一线，才回到家里。这也是后话。）

那天，父亲刚到第一道关卡，就被解放军抓了起来。他一再辩解，说自己是唱戏的，因为打起了仗和同伴失散了，当兵的只是不信。就在这时，一个当官的过来了，询问怎么回事，士兵立即做了报告。

"唱戏的？"当官的显然不信，"你会唱什么戏？"

"豫剧。"

"哦？那就唱上一段！"

当官的显然是个内行，他要看看父亲的话到底是真是假。不料父亲开口就来，一段《李逵探母》，他连串老旦和花脸两个角色。这一下，大家深信不疑了，纷纷为父亲的专业水平所折服。

父亲看到没人再怀疑也，以为自己可以走了，不料当官的却把他带进了一个小指挥所，他的心立即又悬了起来。

原来，这个当官的也是河南老乡，而且也是个戏迷，他很久没有听到这样的好戏了，就让父亲再为他演唱几段。志忑不安的父亲，这时才放下心来，开始为他演唱，从《大保国》到《铡美案》《赤桑镇》《白玉簪》，一段接一段。

几段戏唱下来，当官的很是高兴，询问父亲愿不愿留在部队的文工团。父亲当然不愿意，说他家中还有老母在堂，自己必须

≫ 活着回家

回去。当官的只是摇头，只好放了父亲，临走还给了两块大洋，开出了路条，并告诉他回家的路线。

父亲很是惭愧，实在不忍欺骗这个好心的老乡，连连鞠躬说对不起。老乡只当是他为不愿留下的事道歉，也不介意，便让警卫员送他出去。

父亲有了路条和两块大洋，一路畅通无阻，顺利登上了回家的火车。

十九、羊毛疗

父亲回家的路，远远比他想象的漫长和凶险。

挤上了火车，父亲绷紧了好几天的神经，一下松弛下来，他感到十分疲惫，想找个位置，以便坐下来休息一下，但他很快失望了。车上的人早已挤满了，别说找个坐的地方，就连站着，也不能找到两只脚同时落下的位置。他只好在几个车厢来回游荡，但总也找不到立足之地。

他的双脚开始由酸麻变得疼痛，直到两个脚跟像被钉进了钉子，钻心的难受，头上冒出虚汗来。这时他才发现，就在大家的脚边，座位的下面还有空间，就请求旁边的人挤出一条缝隙，他才得以钻到了座位的下面，很快就睡着了。

他不知道自己睡了多长时间，也不知是怎么醒来的，醒来的时候，只听到火车行进中"咣叮"、"咣叮"的声响。车厢里一片昏暗，人们悄无声息，像是突然间全部消失了。他艰难地从座位下面爬出来，才发现车厢里已经没有那么多人了，他甚至能够找到座位，可以正式坐下来。

他看看窗外，黑黢黢的，看不到一丝光亮，当迎面而来一棵树或者一座山时，一晃一晃的，似乎在加重着原有的阴暗。车厢的顶棚上有几盏昏暗的灯，像是快要被黑暗淹没了，似明非明，打不起一丝的精神。

他打量着四周，只看到几张模糊的脸，在阴暗的灯光下看不出任何色彩，随着车厢的晃动，一摇一摇，似乎一起显现出奇怪的表情来。他在恍惚之间，感到自己正置身于一座怪异的墓葬里，四处散发着令他窒息的气息。

他提醒自己，只不过是在一列火车上，这辆车将载着他前行，让他在离家最近的地方下车，然后他就能到家了。这个想法无异给了他极大的鼓舞，让他树立起信心来。他试着站起来，想活动一下筋骨，但是失败了，反倒使他感到头晕目眩，全身一阵酸痛，这让他无法有效地指挥自己的四肢，做出他希望的动作来。他这才意识到，自己可能已经睡了很久，也许会有三四天的时间，而在这三四天里，他只是睡觉，没吃没喝，也没有上过厕所，甚至躺在座位下，一动也没有动过。他奇怪自己刚才是怎么爬出来的，怎么这会儿一下子就动弹不得了。

他费了很大的劲，终于从腰间的包袱里摸出一块大饼来，这似乎耗尽了他所有的力气。他告诉自己，必须吃点东西。在经过一阵喘息之后，他总算把大饼塞到了嘴里。奇怪的是，他根本没有一点食欲，食道像是被堵上了，那一口饼子在嘴里咀嚼了很久，总也咽不下去，他不得不放弃了努力。

很快，他就意识到事情并没有这么简单，感到身上一阵阵发冷，而且越来越冷，渐渐的像是掉进了冰窟窿，让他连呼吸都困难。就在他有些绝望的时候，那发冷的感觉突然消失了，使他渐渐平复下来。还没等他松下一口气来，他又感到自己在发热，接着便越来越热，到后来觉得自己像是被架在火上，像烤肉一样，不停地被翻转着，而且奇怪的是，平时发热，总会出汗，而这次

133　　　　　　　　　　　　　　　 ➤ 活着回家

却明显不同，他感到自己马上就要着火了，却没有流出一点汗水来，只好张大嘴巴，不停地向外哈气，像将死的鱼一样不停地喘息着，直到发热慢慢停止，他又平静下来。

接着，他又开始发冷，一阵紧似一阵，冷与热不停地交替着，像是两个恶魔，在轮流折磨着，不给他一刻平静的机会。

他感到自己是在被一根无形的鞭子赶着爬山，那山好大好高好陡，他在不停地往上爬，没有一刻喘息的机会，当他终于爬到山顶的时候，又像是被谁踹了一脚，一下跌进了无底的冰洞，越陷越深，越来越冷。他觉得，自己不死在爬山的途中，就会在冰洞里活活地冻死，只求这一切快点结束，他已经无力对抗了。

但一切还在继续，丝毫没有停止的预兆，直到他昏睡过去。

再醒来的时候，他早已虚脱了，两眼昏花，看不清周围的一切，好在冷与热两个恶魔，像是已经离他而去，他感到一丝的轻松，庆幸自己居然还能坚持下来。他再次想站起来，便鼓起勇气，咬紧牙关，撑起双臂，晃晃悠悠站了起来。他还没来得及高兴，就眼睛一黑，颓然跌坐下来。

"小伙子！你是不是病啦？"

他依稀听到有个声音在问他，便费力点了点头："是……"

他感到有只手摸了摸自己的额头，又掰开眼睛，捏着两腮使他张开嘴巴，然后才放开。

"小伙子！你得了'羊毛疔'，要不是遇上我，恐怕就活不到明天了！"

他没有回答，已经没有一丝力气了。接下来他感到自己被剥掉了上衣，背上被针刺了四下，前胸被刺了三下，很疼，但很快，没等他反应过来，已经结束了。他的嘴被再次掰开，有什么东西被塞了进去，然后就昏昏沉沉地失去了知觉。

他再次醒来的时候，像是满身的绳索被突然解开了，感到一身的轻松，他想知道是谁治好了他的病，但四周的面孔都很陌生，问谁，都不知道。他感到奇怪，莫不是自己刚才做了一个梦吗？但他立即否定了，看看胸前，那被刺过的三个针眼分明还在。看来他的救命恩人，可能早就下车了。

他很想谢谢恩人，但恩人也不知身在何方了。他一遍又一遍的回想，感觉他的恩人应该是一个老太太，一个像奶奶一样慈祥的老人。他感到十分懊丧，没能看清恩人的面孔。

他饿了，饥饿难忍，便拿出那块大饼来。大饼早已发霉了，但他已经顾不得许多，只简单的用手擦去上面的绿毛，就大口大口地啃了起来。

（多年后，父亲查过医书，《证治准绳·外科》卷二记载："羊毛疗，又名羊毛疔瘤。证见：初起，患者即觉头痛，全身寒热，状似伤寒者，于前心区及后背部发现疹形红点，进而色变紫黑。若红淡者为嫩，色见紫黑者为老。传统疗法：先将紫黑疹点用针挑之，可得状如羊毛者，故名。前后心可挑数处，用黑豆、芥麦研粉涂之，汗出而愈。或用雄黄二钱，青皮包扎，蘸热烧酒于胸前区涂擦之，由外圈向内。内服宜用清热解毒之剂，方选败毒散。"）

二十、赶路的花子

徐州车站到了，这已经是终点站。他便随着大家下车，之后他做的第一件事，就是赶紧在站外的广场上，喝了两碗小米粥。

他开始乞讨了。

他从来没有想到，自己这一生还要做这样丢人现眼的事情。

≫ 活着回家

但毕竟人是铁，饭是钢，不得不低下头颅来。

开始的时候，他还想使自己的行为显得体面一些，实在是饥饿难忍了，就慢慢来到某一家的门口，询问有没有什么活干，不要工钱，只要给口饭吃。但他很快就知道根本行不通，人们并不是有活没人干，而是连干活的人都没有饱饭吃。家家都没有多余的粮食，给他吃一口，人家就得少吃一口。碰上个心软的，会给他半块馒头，两口热汤。更多的时候，就是一句话：

"唉！不是我心狠，实在是拿不出东西给你吃了！"

父亲依旧会打个躬，默默地出来，再蹭进另一家。

一连两个多月下来，大病初愈的父亲，身体不但没有得到恢复，而且更加虚弱，只剩下了一张皮包着骨头，摇摇晃晃地走在这一家和下一家之间的路上。有时，这距离很短，只有几步，更多的时候，是在这个村和那个村、这座山和那座山之间。他常常会因为体力不支而跌倒，又会在体力得到些许恢复的时候，再爬起来。有多少次，他感到自己不行了，但最终还是挣扎着重新站起来，一步一步向前挪动着，在秋风里瑟瑟发抖，如同已经发黄、发枯的叶子，随时都可能被吹落下来。他不得不挂上了棍子，才能走得稳当一些。他知道，自己每走一步，就离家近了一步，他要活着，他必须活着，活着才能回家。

这一天，他很是走运，在上山之前，路过一块已经收过的红薯地，他一下子来了精神。以他的经验，红薯即使挖得再干净，也总会有所遗漏，他便会有收获的。果然不出所料，他挖了一阵之后，总算挖出两个核桃大小的红薯来，立刻吃下，感到了些许的充实。这让他忘记了赶路，不停地用双手搜索着。他认为这样的劳动果实，不但来得理直气壮，而且比起乞讨来，更有把握一些。他在这块地里，停留了将近半天的时间。结果是他从讨饭以来，第一次吃饱了肚子，而且有了至少可以吃上两天的粮食储备，完全可以支持他翻过眼前的这座大山。他脱下身上的外衣，把两个袖子的袖口各打了一个结，便有了两个不小的口袋了，然后把自己的收成一一装进去，足足装了两袋。他盘算着，即使自己放开了吃，也可以吃上两天半，如果省着点，就能坚持四天以上，这让他感到久违的欣喜。他把装红薯的上衣搭在肩上，精神抖擞地上路了。

开始的时候，还算顺利，不到太阳落山，他已经赶了大约二十多里的路程，眼看着不远的地方，已经升起了炊烟，他庆幸自己今晚又有落脚的地方了，天黑之前赶到那里，已经不是问题了。

他感到很累了，再次估算了一下路程，就坐下来歇息，再吃一点背着的干粮。但当他拿出一个时，又犹豫了。也许不用这么浪费的，再坚持一会儿迁到村子，也许能够讨得一碗饭吃，红薯就可以省下来。他实在有点饿了，就把已经掏出的那个比鸡蛋大一点的红薯，咬了一口，还剩下了大约三分之二的样子，看了又看，最终还是装了进去，起身赶路了。

没走多远，他就遇上了麻烦，前边的路被一道沟壑拦腰截断了，那是长年累月被雨水冲刷的结果。他看看那沟壑，大约有二尺多宽，但是却深不见底。他开始怀疑自己的体力，能不能够跨过那道坎，最终他决定另辟蹊径，这样更稳妥一些。然而他彻底失望了，一面是一丈多高的石壁，一面是深不见底的悬崖，那道沟壑正拦在他的必经之路上，已经无路可走了。

他又看了看那道沟，似乎没有那么宽，自己一个箭步，应该能够跨过去，并不需要担心什么的。于是他鼓足勇气，向后退了两步，加上助力，一步跨了上去。

危险就在他这一念之间发生了。当他一条腿跨上去后，另一条腿并没有跟上来，结果一条腿前，一条腿后，架在了那条沟壑上。他试了几次，想跨过去，但是力不从心，想退回来，同样不能做到，只好那样架着，一动不敢动。

　　他看了一眼那沟壑的深度，顿时一阵眩晕，差点使他站不稳了，便不敢再看，规规矩矩地站着了。

　　他开始后悔，自己不该这么自不量力，以身犯险，落到了这步田地。

　　天色慢慢暗下来，他开始对自己失去了信心，只能把希望完全寄托在过路的人身上了，但他架在上边已经过了好久好久了，仍然没有看到一个人。

　　他已经体力不支了，开始浑身发抖，而且抖得越来越厉害，似乎随时都有跌落深沟的危险。他感到了肩上的那两袋干粮，变得异常沉重起来，现在必须放下了，这样至少可以节省一些体力，便慢慢地卸下来，用两只手提着，希望用力甩到沟壑的对面去。他试了几次，总是感到力不能及，迟迟不敢出手，唯恐一旦失败，会掉进沟里去。他的两手开始不听使唤了。他知道如果这样下去，时间越长，越没有扔过去的希望的，只好一闭眼，用力一扔，结果仍然没有扔出多远，那满满的两袋干粮，从他的脚边滑了一下，带着一阵风声，掉进了深沟，很久才听到回声。

　　他心疼极了，那是他几天的口粮啊！他甚至后悔，早知现在这样，还不如刚才大吃一顿，而现在白白的糟蹋了。

　　这时，在他的身边传来乌鸦那刺耳的叫声。他不由一震，立即想到还有远比那干粮更重要的事情，那就是自己正在命悬一线。

　　在他的经验里，乌鸦是种最不吉祥的东西，总和死亡联系在一起。他认为这是一个预兆，自己今天一定是在劫难逃了。他开始考虑是否要放弃努力，既然非死不可，又何必再做这种无谓的挣扎呢！反正自己已是筋疲力尽了，再这样坚持，已经毫无意义了。他知道，只要他松上一口气，一切都会结束了。

他两眼一闭，就要放松支持他的那口气了。就在这时，他意外地听到了脚步声！

"救人啊！"他下意识地喊了一声。

来人飞跑过来，一个箭步跨过去，只一伸手，他就从鬼门关转了一圈，又回到了尘世上。

（常听父亲说，能帮人的时候就帮一把，你付出的只是举手之劳，但对别人，可能就是一条性命。）

二十一、不是吃了对方，就是被吃掉

救下父亲的，是一个山里的猎户。那天他到三十里外的镇上赶集卖猎物，不想在回来的路上，救下了父亲。父亲更没想到，自己因祸而得福了。

山里的土地宽，只要肯出力气，到处都可以开出荒地，种出粮食来，因此并不缺吃的，家家多少都有些存粮。山里人实诚，平时难得见到人，只要谁能走到门上，都会像见到了至亲好友，兴冲冲把你迎进家里，让你少坐一会儿，给你烧茶。一会儿工夫，满满的一碗荷包蛋就端了上来。你千万不要客气，只管狼吞虎咽地吃个干净，他就笑嘻嘻地递上旱烟袋，让你过足瘾，才会问你来这里干啥，他能帮你什么忙。如果你不吃他的东西，或者吃过之后要给他掏钱，他就会问是不是什么地方怠慢了你，如果不是，他就认为你看不起他，把你当成不受欢迎的人。遇上个脾气不好的，甚至会和你当场翻脸。

≫ 活着回家

父亲那天被拉过那道坎，立即晕了过去，被猎户扛了回来，一碗热汤灌下去，才缓过神来。父亲自然千恩万谢，猎户也不多话，只管自己干自己的活，让父亲躺着休息。父亲因为虚弱，体力消耗殆尽，很快便又睡着了。不知过了多久，父亲被一阵香气唤醒了，猎户早已端上了一大盆子鹿肉，让父亲美美地饱餐了一顿。

（父亲一直说，他再也没吃过那么好吃的东西。）

第二天，父亲再次谢过猎户，告辞回家。猎户不允，父亲只得留下，补养了两天，才再次告辞。猎户看到父亲回家心切，不好强留，只得蒸了一大锅馒头，让父亲带上，才让他离开。

有了这一大袋子干粮顶着，父亲的行程顺利了许多，不用再挨家乞讨，省去了他不少工夫。眼看离家越来越近，父亲回家的心情也越来越迫切了。开始的时候，他还知道劳逸结合，赶路的时候总是先打听清楚道才会上路。但现在，他似乎是被胜利冲昏了头脑，忘乎所以起来。

猎户的干粮很快就吃完了，他不得不又操起了老本行，挨家挨户去讨吃的，又回到了那种饥饿难耐的日子。但他已经没有了储存干粮的耐心，只要能够吃上一口，就开始赶路了。

这一天，他为自己的草率，再次付出了沉重的代价。

一进山，他就感到饿了，但是前不着村，后不着店，他再也没有了碰上猎户那样的好运。等到第二天下午，他仍旧没有找到一口吃的，浑身上下没有了一点力气，只好坐在路边的石头上，希望能恢复一点体力。

就在这时，他看到了一匹狼。

那狼看见他，同样被吓了一跳，下意识后退了几步，警惕地看着他。他仔细一看，那狼已经瘦得皮包骨头，而且受了重伤，一条腿明显完全折断了，只靠肉皮连着，只用三条腿走路，一步一点头，走得很吃力。

他感到一阵紧张，自己费尽心力才逃到了这里，难道是命中注定，要来给这畜生当晚餐吗？不！绝不能落在他的口中！他打起精神，奋力站起，把手中的棍子举了起来。

那狼后退了几步，掉头原地转了一圈，又回过头，看着他。

他开始只想把狼吓走，不想没有奏效。看来狼也看出了他的虚弱，或者是因为很长时间没有吃东西，非要和他较上劲了。他开始琢磨，怎么才能打败这个畜生。

他知道，在目前的阵势下，谁退缩谁必然会败给对手，谁进攻也都没有必胜的把握。但区别在于，他若败了，就将被狼吃掉，而狼败了，只不过逃走了事。

他立刻意识到了这种不公平，马上调整了目标。在目前，他必须把狼打死，吃了狼的肉，才能填饱肚子，走出这座山，回到家里去。有了这番心思，他似乎坚定了胜利的信心。

他和狼继续对峙着，不是狼吃了他，就是他吃了狼。命中注定他们有此一战，最终的胜利者在吃掉对方之后，才能活下去。

他用足力气，高高举起棍子，向狼冲去，出乎他意料的是，狼不但没有再后退，而是向他冲了过来，他稍加犹豫，那狼已经冲到了跟前。再不出手必定死路一条了，他使出全身的力气，向狼打去。

"咣！"棍子落在狼头上，震得他双手发麻，差点丢掉了棍子。那狼被打翻在地，迅疾翻过身来，扭头就是一口。他连忙闪开，躲过狼的大口，顺手又是一棍。常言道，狼是铁打的脑袋纸糊的腰，第一棍没起作用，第二棍打下来，正中狼的后胯，

≫ 活着回家

狼的后腿立即像是瘫痪了，不再动弹。

他感到已经胜利在望了，兴奋地再次举起木棍，向狼打去，不料那狼张大了嘴巴，迎着棍子扑了上来，用嘴接住了打下来的棍子。狼的大嘴尽管被打出了血，但却死死地叼着棍子不放。他连忙用力来拉，像拔河一样和狼争夺起木棍来。

狼的力气，似乎更大一些，父亲渐渐处于下风，眼看就要落败，他慌忙把棍子向前一捅，没等狼反应过来，又用足力气向后一拉。没想到他急于求胜，反倒上了狼的当，那狼见他用力后拉，猛地松口，他便一下失去平衡，四脚朝天向后倒去。狼一下扑了上来，张口就要咬他。他连忙双手举起木棍，架住狼的脑袋，不致让狼咬着他，但还是被狼压在了下面。

"叭！"

随着一声枪响，不知是狼的血还是他的血，随即喷了出来。

等他睁开眼睛，惊奇地看到了爷爷的脸！他一时恍惚，张大的嘴巴怎么也不能合上："我，莫不是已经死了……还是我在做梦？"

爷爷一下老泪纵横，扑到了他的身上："不！咱们都活着！咱爷儿俩真的见面了！走！我带你回家！"

原来，爷爷早已出狱，还投了解放军，这时是他们队伍的侦察员。今天剿匪路过这里，不想遇上了他。

尾　声

三年后一个傍晚，母亲拉着刚刚学步的大哥，在院子里开心地嬉笑着。一个讨饭的女人，在邻居的指引下走了进来。她满脸憔悴，看看母亲，又看看大哥，满眼热泪，从脖子上解下那只长命锁，挂在大哥的脖子上，不顾母亲的执意挽留，匆匆走了出去。

父亲回到家，看见了银锁，立即追了出来，一直追到了洛河边上，没看见任何人影。眼前只有茫茫的河水，静静地流淌着。

≫ 活着回家

九　哥

　　母亲气得浑身乱颤，就把圪蹴在
墙角的九哥提溜起来，问他到底赶不
赶久红走，九哥只是不吭声，逼到最
后，九哥才从牙缝里挤出一个字：不!
母亲一口气没有上来，当场就倒下了。

九哥读书不行，小学就读了九年，等到上初中时哥俩成了一个班，我十二岁，他已经十六了，比我高出了半个脑袋。那时候上边来了个"五七指示"，要学生"既不但学文，也要学工、学农、学军，也要批判资产阶级"，九哥便因此走了运。他的强项就是力气大，手脚勤，心眼活，干啥像啥，干啥会啥，干啥好啥，学工、学农。他自己干得好，还把同学组织得好，样样都挑头。他因此出尽风头，在班里当班长，在团支部当支书，在学生会当主席，把所有最大的"官"都一人当了。

　　九哥就这么风光了两年，初中就毕业了，面临着上高中。他上高中也是顺顺当当的事，出身好，表现更好，学校和"贫管会"推荐的学生名单上，他是第一个，并额外给了一个"优秀的社会主义接班人，不可多得的学生干部"的评语。但他却不愿去上，说：在学校也是干活，干也白干，不如给生产队干，还有工分。

　　九哥一下地干活，还是那么卖力，但没到第三天就变了，队长不表扬，也不多记工分，就开始和大伙儿一起磨洋工。收了工，他的力气都还在，就不自在，盯着院外的斜坡发愣。愣了三天，就开始动手，从斜坡顶上直直地卸下来。没出几个晚上，我们就看出了他的意图。他把卸下的土推平压实，整出一个院子来，他要打窑洞。

　　大家都不言语，也不帮忙，由着他折腾，反正力气是他自己

145　　　　　　　　　　　　　　　　　　　　　≫ 九　哥

的。不想他两月下来，窑洞居然打成了，放了院子里的一棵白椿树，叮叮当当了几个晚上，窑门和窗户也装上了。

母亲搗着小脚转了一圈，说："你三嫂一直在外赁人家的窑住，现在咱家有地方了，再出去住，邻居笑话。"

过了两天，三哥兴冲冲地从城里回来，张罗着邻居把家当搬进去。九哥蹲在窑口，脸上能拧下半桶水。到大家散尽，九哥还不走，三哥给烟，不抽。母亲破例对他弯下腰，说："窑还是你的。你现在小，等你成亲，我让老三还你。"

半年后，母亲又去看了九哥打好的第二孔窑，说："你五姐回来了，在安徽住不成，先住这里吧。"

又过了七个月，母亲把我也从土改时分给我家的窑洞领出来，来到九哥的第三孔窑门前，说："小十大了，和你一起住。"

九哥蹲着抽闷烟，等到母亲走远了，冷冷地盯住我发狠，从此再没打窑。我就一直和他赖在一起，看他的冷脸。直到两年后战备路修到这里，我才搬出来，又和母亲挤在了一起。

因为这三孔窑，九哥讹了国家三千多块，还批了一处宅基地。去领钱时，母亲早到了，正要按手印，一手伸出来接钱。九哥说，"窑是我的，该给我！"

母亲不以为然："窑是你的，你是谁的？"

九哥就不和母亲说话，在送钱的面前一圪蹴："拿不到钱，我就不搬走，让修路的把我埋到窑里吧。"

送钱的掂了掂分量，还是把钱递到了九哥面前。第二天，九哥就掂着母亲塞给他的一口小锅，和我们分家另过了。他在宅基地上用三块石头把锅支起来，砍了一堆树枝打了个窝棚住进去，拉石头下地基，托土坯砌墙，从山里把一根根木料拉回来，才请来匠人，叮叮当当了好几天，上梁，铺栈，撒瓦，三间瓦房就成了。

不久土地下放，九哥种着分给他的一亩多责任田，轻轻松松就干完了，农忙时也回来给我们帮忙。母亲仍然没好气，先是不和他说话，后来就不停地数落，常说的一句话是"白养你了"。我们也跟着抱怨，一个人出去享福，对母亲不孝，对我们无情。九哥黑着脸干活，闷着头吃饭，总不答话。

九哥干完活，就又干别的，养鸡鸡生蛋，养猪猪上膘，看得村里人眼热。县上工作队来选拔致富能手万元户，村里第一个就推出九哥。九哥却避而不见，实在避不开时也就一句话"我哪有什么钱，穷得叮当响"，之后就圪蹴在墙角吸烟，再不说话。

工作队走了，提亲的却来了，一拨儿接一拨儿，本村的赵曼丽，邻村的刘桂香，还有大队支书的侄女孙雅兰都在其中。九哥一个也没看上，这个丑，那个胖，还有一个说话声太大。母亲说，咋啦？想找县长的女子？九哥不吭声，只闷头吸烟。

只有我知道，九哥惦记的，是我们的老同学、东苏村的杨久红。杨久红面若桃花，身材高挑，走起路手脚不沾地，那俊俏，那洋气，那股高高在上的"劲儿"，让他着迷。实际上他在学校看人家的眼神就不对，就是没敢说出来。相亲杨久红倒是也来了，但人家看不上他。这个时候，他已没了在学校时的风光，虽说是个万元户，也就是一个种地的，人家嫌他土鳖，一个出苦力的胚子。杨久红和她娘来这一趟，没和九哥说上三句话。九哥不死心，就缠媒人，媒人去回了几趟，说，死心吧！可过不到半月，杨久红却自己跑来了，当夜还赖着没走。第二天，九哥就又央媒人出动了。

母亲坚决反对，说：女人颧骨高，杀夫不用刀，万万要不得！九哥闷着头，吸烟，偷偷地笑。

　　≫九　哥

母亲观察了两天，更反对得更坚决：走路腰板硬，说话出气粗，八成是身子不干净，揣着娃来的！九哥还是笑，说我还不知道？都……过了，久红还是黄花闺女哩！

又过了几天，母亲坚决到了极点：我打听了，她是个吃坐窝子食的！早和一个逛蛋儿好上了，那人坐了监，才来找你的！九哥笑笑，说他知道，还不兴人家看走个眼儿？他就是想要久红。

母亲彻底摔下脸来：这样的女人不能进家门！娶她，就别认我！

九哥还是娶了久红，也还认母亲。母亲却不认他，并且不让全家人认他。父亲死得早，我们都听母亲的。他每次回家，都要碰上一脸灰，不久就不回来了，听说是久红不让他再回来。七个月后久红生下孩子天顺，母亲看都没看，也不让我们看。

九哥的邻居说，久红什么都不干，吃吃转转，九哥下地干活，养鸡喂猪，回家做饭，晚上搂着天顺睡觉，一天到晚还乐得哼哼咛咛地唱小曲。

九哥不喝酒，闻见酒就脸红，沾着就晕，喝上一小杯，就要躺倒两天下不了床。也不吃肉，吃肉就抓蜂屎（过敏）。他觉得最好的生活就是"高跷腿儿，坐小椅儿，吃白馍，沾蒜汁"。久红的要求高，他就顺着久红。久红爱吃肉，他就炒肉，自己吃酸菜；久红爱吃饺子，他就包饺子，把饺子捞出来，借汤下面，捣两瓣蒜，加些辣子面儿，吃得满头大汗，咂咂嘴，再灌下一大碗面汤，很响地打个饱嗝。

九哥爱孩子，先是回到家就把天顺抱在怀里，天顺大了又背到背上，直到上了小学，还是接来送去。天顺长到八岁，久红才又怀上了，九哥更是乐开了花，走起路来脚下生风，噔噔噔噔震得满山响。久红却总是回娘家，这理由那理由，九哥不好拒绝，就只好由着久红的性子，直到久红挺着大肚子一摇一摆地回来。

久红一回来，闲话也跟着回来了，说久红其实没有回娘家，是去会老相好的，那人从监狱回来大半年了。

母亲让人一打听，闲话不是假的，就把九哥叫来，捂着额头骂了一顿，并说要是不迁走这个女人，就别再来见她，就当没生他这个儿子。九哥这回确实生了气，第一次对久红变了脸，久红也第一次向九哥低了头，说好话求饶，说她再也不敢了，今后收心好好过日子。九哥心一软，就又让久红留下，让把孩子生下来，热汤热水侍候出了满月。白白胖胖的久红抱着白白胖胖的女儿回了娘家，就不再回来了。

九哥去接了三次，第一次死活不回家，第二次没见面，第三次在那个人的家里见到了。久红说：你回去吧，别来缠着我，反正咱俩没领结婚证，也不算结婚。九哥不死心，就要女儿，想着要回了女儿，孩子是娘的心头肉，久红就会回来。但久红的话让他死了心，说这女儿不是你的！你看看这眉眼，这嘴巴，哪像你？

九哥回来时，人已像霜打的茄子，把自己在家里关了两天，到第三天邻居才看见他出门，牵着天顺上学。九哥还下地，还喂鸡喂猪，只是没有了先前的心气儿，丢了魂似的，常常丢三落四。

没过半个月，久红回来了。九哥当时正在玉米地除草，听到消息就扔下锄头往家跑，上气不接下气跑到家，只看到久红一个人，没抱女儿，就一下泄了气。久红磨蹭了半天，才说出来意，她想接天顺过去，和她一起过。

九哥当然不答应。久红开始还苦苦哀求，说她离不开天顺。再后来又说那个人的父母不喜欢女孩，把天顺接过去，才认她这个儿媳，让九哥成全她。到最后就彻底翻了脸，说别给脸不要脸，天顺也不是九哥的。九哥不信，说你当初跟我时不还是处女吗？久红才说当初只不过是事先准备了两块一样的手帕，其中一块用鸡血染好了，在给他同房时换了一下，他就信以为真了。要不是她怀上了天顺，能嫁给他？不信可以去化验啊！又说，她已经问过律师了，亲生父母才有权养孩子，九哥不给天顺，就和九哥打官司。九哥早已一屁股坐在地上，直愣愣地发呆。久红就趁着这当口，连拉带拖着天顺离开了。

九哥不吃不喝不说话，在床上一躺就是三天，直到母亲拄着拐棍进来，他才哭出声来，一哭就是半个时辰。母亲也哭了，哭过之后就说："走了好！反正不是好东西！把你坑成这样，你也该回回心了！不怕，你才三十出头，男人三十一朵花，不怕找不到媳妇！"其实，这时的九哥已经头发稀疏，眼眶深陷，眼珠子呆呆地难得一动，看上去像有五十岁。

九哥重新认了祖归了宗，母亲便张罗着给九哥提亲。九哥却不表态，在墙角一圪蹴，把头夹进腿板里，不吱声。直到母亲发了火，拐棍差点敲到了他头上，才说：听娘的。

接连相看了几个，九哥不上心，人家也不满意，几个月下来，连母亲也松劲了。可巧这时候赵曼丽回娘家来了，一打听是男人外边有了人，逼着离了。母亲这才又打起了精神。赵曼丽本来就追过九哥，再加上被人踹了，和九哥同病相怜，也想早早地有个下家，央人一说就成。这边母亲做主，两家很快就定下了日子。

就在这个关口，久红抱着一个拖着一个回来了，娘仨一个个瘦成了一把骨头，一见到九哥就一起跪在了地上。原来久红带走了天顺，虽然那人的一家认下了她，但是认她做媳妇不等于帮她过日子，那人屁事不干，里里外外都得久红撑着，很快就吃了上顿没下顿。久红从九哥那里倒腾出去的钱花光了，要不出钱就用拳脚说话。挨了几顿后，久红就回娘家，在娘家待了几天就待不下去了，这个说她放着好日子不过，那个说她人拉着不走鬼叫上长跑。她无处安身了，才又想起了九哥。

母亲知道九哥的德行，连忙赶了来要把久红撵走。久红开始还连天说好话，看到母亲铁了心挤对她就变了脸，说她又问过公安局了，她和九哥虽说没领结婚证，但一起过了九年多，是事实婚姻，现在又没离婚，还是这家里的人。要是母亲让九哥和别人结婚，就是重婚罪，连母亲也得抓起来。

母亲气得浑身乱颤，就把圪蹴在墙角的九哥提溜起来，问他到底赶不赶久红走，九哥只是不吭声，逼到最后，九哥才从牙缝里挤出一个字：不！母亲一口气没有上来，当场就倒下了。

埋母亲时，九哥也来了，刚到门口，就被我弟兄几个打了出去。他气死了母亲，不配随我家的子孙。

以后的日子，九哥一直蔫儿吧唧的，干啥活脑子不够数，手脚也不灵便了。久红开始对九哥还算好，给他洗衣做饭，没多久这些活又都是九哥在干了。天顺对九哥也没了从前的亲气儿，见到九哥回来，就躲得远远的，怯怯地叫都叫不到跟前。

九哥没有以前能干了，进项自然就少，日子开始紧巴，就托人进了一个包工队，下洞子挖矿。他力气还在，挣的钱多，第一个月就捎回了八百多块。谁知第二个月就出事了，被一块石头砸倒，到医院一看，一条胳膊废了，截了肢，只剩下了一只手。这事他谁也没让知道，当然也没人去看他。一个人住了半个月，工头就让他在一张纸上按了手印，给了他一万五，让他出院回家。

出门没几天就丢了条胳膊，他觉得没脸见人，也不知道以后的日子该咋过，久红看到他这样又会咋样，在村外兜趸了好几圈儿，等回到家时已是半夜，喊门死活不开，一脚踹开，打开灯，那个人赤溜溜地在床边站着。

九哥直接冲进厨房，掂着菜刀又转身回来，冲着那人就砍，第一刀躲过了，又砍第二刀，那个人抓过久红向前一挡，就砍在了久红脖子上。一见到血，九哥就软瘫在地上，还是公安局的人把他拉了起来。

律师说，九哥死不了，杀人有前因，久红有过错，顶多就是个死缓。他说已经告诉九哥，让他说出久红如何坑他，那天被他捉奸在床，就没事了。并说九哥也问得很清楚，他说得也很详细，一定不会有问题。

开庭那天我也去了，九哥押出来时没戴手铐，他只有一只手。谁也没有想到，他根本没提久红和那个人的事，更没有说那天捉奸。律师急了，就提问他，他却说没有这事，他杀人是觉得自己残废了，不想活了，拉着久红一起死。这下让律师也措手不及。本来律师还有几份邻居的证言，说久红和那人如何如何，但都是些捕风捉影，没有一个人按住屁股的。法官说是间接证据，不足为凭。律师最后出了个绝招，申请化验那个人、九哥和两个孩子的血样，看看孩子和谁有父子关系。这下可以澄清事实真相了，可九哥却说不用化验，那两个孩子都是他的，久红是个正经女人。最后法官说，既然当事人对孩子的身份没有异议，律师的申请理由不充分，驳回了申请。

九哥就要把人气死了，更气人的是久红的父母还起诉要赔偿，而那个人还是代理人！九哥答应把他那卖胳膊得来的一万五，和他的房子赔给了人家。

我本来不想再管九哥的事了，可法院却通知我去收尸。弟兄几个都是东一个西一个的，就我一个在家。你说我咋就摊上了这么个哥呀！

那天我见了九哥最后一面，埋怨他为啥不听律师的话。他却说，活着不如死了的好。我问他还有啥心愿，他竟问能不能把他和久红埋在一起。我说不可能，就是我想，她娘家人也不愿意的。他又问，能不能让他入老坟。我说这你也知道，家族里有规矩，你出了这样的事，埋进老坟，我愿意怕别人不愿意。九哥又说，能不能让他的侄子们每年给他烧张纸，我说，尽量吧。警察让我离开的时候，我又看了九哥一眼，九哥的脸灰灰的，说：看来，就是死了，还不知道在那边会咋样呢！

给九哥收完尸，我看到了天顺抱着他那个妹妹站在一边，这两个孽种！气得我直想揍他，但看到他两个眼里噙着泪，都是脏兮兮的，黑干焦瘦，也怪可怜的，就忍了下来。听说那个人代替久红父母出头，把九哥的房子卖了，又在法院领了那一万五，就卷着几万块钱跑了。两个孩子到久红家里，没人管。到那个人家里，也没人管。也不知道咋活下来了。

我把九哥埋进了乱坟岗，一个凶死的无头鬼，不能让父母见到他。我活着的时候，每年清明还是会给他烧纸的，毕竟是一奶吊大的。以后的事，就管不了了。

越　位

那天毓秀看电视剧《水浒传》，当
潘金莲说到自己的丈夫是武大郎，西门
庆故作惊诧地说"娘子屈了"时，潘金
莲一下落了泪，她也跟着鼻子一酸。

毓秀决定，去见"眼镜蛇"。

她至少有十个理由不去见，又有同样多的理由去见一面。最终说服她做出这个决定的，是儿子毕业后就面临着就业，眼镜蛇路子广，应该能帮上忙。

其实这个理由也经不起她推敲，儿子刚上大学，就业并不是现在着急的事。真正让她打定主意的原因是，她今天坚持了不去，明天还要坚持不去。躲过了初一，后面还有十五，而且是很多个十五。

如果刨根问底，找到这事的源头，那就该怪西门庆。

那天毓秀看电视剧《水浒传》，当潘金莲说到自己的丈夫是武大郎，西门庆故作惊诧地说"娘子屈了"时，潘金莲一下落了泪，她也跟着鼻子一酸。她立刻被自己的这种情绪吓了一跳。潘金莲和西门庆是什么东西，她是再清楚不过了，难道自己会同情潘金莲？或者自己也想有个"西门庆"吗？荒唐！

再说，丈夫可不是武大郎，只不过离家远点，人笨点、呆点。她自己和潘金莲更是沾不上边。

但是荒唐归荒唐，她却没有能中断自己的这个思路，反而越想越多，越想越远，像是怀上了某种鬼胎，打不掉，只能越长越大。

以前忙活家务，忙活着侍候公公婆婆，忙活着儿子的穿衣吃饭，学习考试，现在公婆走了，儿子也上大学了，家里常常只剩下她一个人。时间多了，心思也同时多起来。

唉！忙来忙去，都是别人的事，自己有什么？

在她的印象里，丈夫就根本没有对她说过一句温情的话，就连当初追她，也不过是上她家里干活，给她父母送这送那，讨好老丈人老丈母，到现在都没有对她说过"我爱你"那三个字，更不要说同她卿卿我我，耳鬓厮磨了。就是她不高兴时和他赌气，他憋得脸红脖子粗，满头大汗，手脚找不到放的位置，也不知道该怎么哄哄她。

开始的时候，她还常常和丈夫较真，慢慢就觉得这完全是和自己过不去，不再指望丈夫能为她做什么了。

如果换做眼镜蛇，会怎么样呢？

在她的记忆里，眼镜蛇总是戴一副小眼镜，喜欢仰着脸走路，说话尖酸刻薄，毒得伤人。她毕业分到乡卫生院时，眼镜蛇在当地已经小有名气，有不少人指名挂他的号看病。一见到她，眼镜蛇立马眼珠子绿了，像是盯上了美味珍馐的绿头苍蝇，死缠烂打，赶也赶不走，很是无赖的。她说，恋爱是两个人的事，眼镜蛇爱她，她不爱眼镜蛇，所以不能谈恋爱。眼镜蛇却说，不谈恋爱也是两个人的事，不能他说谈，她说不谈，就不谈了。

"噗儿"，她想到这里，就不由得发笑。当初，她听到这话，很是反感的。不过反感归反感，她还是招架不住眼镜蛇的凌厉攻势。如果不是发生了那两件事，或许她就嫁给了眼镜蛇。

先是因为村里的尤葫芦。这小子据说是挖了自家的祖坟发了横财，吃喝嫖赌抽，无所不干。那天尤葫芦来医院看病，色迷迷地在她身上瞟来瞟去，刚巧被眼镜蛇撞见，于是便打翻了醋坛子，酸气冲天。偏偏尤葫芦的眼睛装进了裤裆里，看不出潜在的威胁，压根没有把眼镜蛇当回事，依旧在那儿吹嘘：有钱就是好啊，花到哪儿哪儿美！

眼镜蛇接过话茬："花到哪儿哪儿美？买把锤子，买根钉子，再花钱雇个人，用锤子把钉子钉在你脑门上，看你美不美？"

尤葫芦不屑一顾："你个小鸡巴娃子，知道啥？就说我吧，有了钱啥东西都吃了，啥衣服都穿了，啥女人都干了，啥地方都去了。你弄过啥子？"

"煽你大的蛋哩！"眼镜蛇怒气冲冲，"啥东西都吃了，你吃过屎？啥衣服都穿了，你穿过纸？啥女人都日干了，你干过你妈？啥地方都去了，你去过阎王殿？"

事已至此，不打架已经是不可能了。为此，眼镜蛇受了一个警告处分。不过这件事情她的父母在意，她却没太在意。毕竟眼镜蛇是为了她，而且尤葫芦也确实欠收拾，虽然眼镜蛇言行确实过激，但似乎还是可以原谅的。

另一件事就不同了。那是不久后的一天，毓秀路过眼镜蛇的诊室，眼镜蛇正在给一个漂亮的少妇看病，正在问这问那。毓秀也想看看眼镜蛇是怎么看病的，就默不作声地静静旁听。眼镜蛇也没留意毓秀，继续询问："除了脚脖子疼，别处疼不疼？"

"别处不疼。"

"是一直疼，还是有时疼、有时不疼？"

"躺着、坐着不疼，走路疼。"

"走路时疼痛的轻重有没有变化？"

"开始走的时候疼得厉害，走上一会儿就好多了，时间长点就不知道疼了，但坐一会儿起来，又是那样疼。"

毓秀判断这女人的脚应该是受凉了，活动一会儿血脉通畅，自然就不疼了。但眼镜蛇还在问："最近月经调不调？"

这与月经有什么关系呢？毓秀感到纳闷，莫非自己判断错了？眼镜蛇还在问：

"奶头涨不涨？"

"你那口子最近在家不？"

"离开家多长时间啦？"

那女人都一一认真地回答了，眼镜蛇才正儿八经地做出结论："缺油了，让你那口子回来膏点油就好了！"

那女人一下明白过来，"唰"的一下脸红了，骂道："你个狼食！"

眼镜蛇哈哈大笑起来，这才看到了毓秀，赶紧正色道："你是着凉了，'除风膏'贴贴就好了。"

毓秀转身就走，从此再也没有正眼看过眼镜蛇一眼。直到她结婚前夕，眼镜蛇悄然离开了乡卫生院。后来听她说，眼镜蛇本来是想调走，但没有办成，最后干脆就留职停薪离开了。

这事以后，他们再没有联系过。别人反馈的消息，也都是断断续续的。先是说眼镜蛇办了个什么厂子，后来又听说厂子倒闭了，眼镜蛇四处躲债。过了一年多，眼镜蛇在县城十字街卖丸子汤，狼狈不堪。再后来又听说眼镜蛇结婚了，和一个有钱的寡妇。第二年眼镜蛇又在县城开了一家药店，规模很大。直到前几年，眼镜蛇在市里开了一家医药公司，发了，就连她医院的所有药品都是眼镜蛇供应的。最后的消息是眼镜蛇离婚了，娶了一个比他小十几岁的小姑娘。

她对这些消息总是表现得无所谓，别人说了，她只落得一听，反正与自己无关。但自从听了西门庆的那句话，她就觉得不大一样了，也许这与自己多多少少是有些关系的，甚至关系很密切。什么关系呢？她不知道，也不想知道，或者说是不敢知道。

院长问她：你和眼镜蛇认识？他问你呢。

同事说：眼镜蛇打听你呢！

她表面上都一笑置之，一个人的时候却有了心思。

眼镜蛇给她的那些情书，在分手时眼镜蛇提出要收回去，她说全烧了。事实上她一直压在箱子底，为什么要那么说，她不知道。

她开始一遍一遍地翻看眼镜蛇的那些情书，回顾往昔的那些生活片段，捕捉着那些微妙的情感，甚至把眼镜蛇置换在丈夫的位置上，来推演着眼镜蛇的种种表现。

也许，该见见眼镜蛇。

为什么要见呢？她立即被自己的想法吓了一跳，但在战战兢兢了几次之后，她的担心变成了另一个问题：见到眼镜蛇会发生什么？

也许，会那样？

怎么可能！都是有家有口的人，能发生什么呀！不就是见见面、说说话吗？

怎么和眼镜蛇联系呢？院长肯定有他的电话号码。对了，有个病人消化道出血，需要特效药奥美拉唑针剂，但这种药价格高，卫生院没有，可以问问眼镜蛇能不能搞到。

"毓秀！"

听到这声音，看到那干了花的笑脸，毓秀才把眼前这个矮胖子和眼镜蛇联系到了一起，等看清了那鼻子、那眼睛，她才在心里真正接受了眼前的现实。在她的印象里，眼镜蛇有些单薄，但很精干的，个头也比这个胖子高，而这胖子几乎秃了头，红光满面，脑圆肠肥的，看起来上身是下身的两倍长。尽管刮得很干净，但脸上还是能看出那密密麻麻、面积广泛的大胡子。

>> 越位

"怎么，不认识啦？"

毓秀干笑一下，说："你的变化可真不小。"

"来来，上车！"胖子打开车门，安顿她上了车，坐回驾驶位置，一边打着哈哈，"你不知道吧，现在我这模样的最吃香。个子低，稳重；头发少，聪明；肚子大，实诚；胡子多，威风。"

她不禁哈哈大笑："还是那种死样子，没变！"

"先住下来，休息一下，一会儿去吃饭。"胖子不等她回答，已经启动了车辆。

毓秀还从来没有坐过这样豪华的轿车。坐在车内，她有一种奇怪的感觉。也许，这车子本来就应该是她的，而她现在却只是搭乘的客人。她还没有搞清楚自己的心思，眼镜蛇的手已经不安分地伸了过来，在她手上摸了一下。她本能地把手缩了回来，瞥了眼镜蛇一眼。眼镜蛇狡黠地一笑，似乎看穿了她的五脏六腑似的，再次伸出手来，坚定地抓住了她的手。她哆嗦了一下，想把手抽出来，却被握得更紧了。

"老实点！"她本来打算说得严厉一点的，但她的声音出卖了她，听起来像是在撒娇。她也随之放弃了原来的努力，把手留在了眼镜蛇那肉乎乎软绵绵的手掌里。

眼镜蛇笑了笑，主动放了手，从口袋里摸出一袋药，用嘴撕开包装，把药吞了下去。

"吃的什么药？不舒服吗？"她问。

"哦，没什么！"眼镜蛇把包装袋塞回衣兜，"补充些维生素。"

车子拐来拐去，终于在明珠宾馆门前停下了。房间是已经登记好了的，眼镜蛇直接把她带了进去。关上门，没容她坐下来喘口气，眼镜蛇已经发起进攻，一把抱住了她，上去就要吻她。

"别这样……"

她想把他推开，却使不上力。他还是停下了，求证似的问："你，不愿意？"

"也不是……我只想……"她本来想说我只想和你说说话的，但后面的话被他用嘴封在了肚子里。

接下来局面就彻底失空了，眼镜蛇嘴、手、舌头全面出击，吻、摸、揉、舔十八般武艺一一亮出，开始的时候她还在逃避、在推辞，接下来便放弃了徒劳的抵抗，很快就被点燃、被融化、被驾驭、被操纵、被推向某种高度，直到完完全全地迷失了。

意识慢慢恢复之后，她的大脑一片空白。这算怎么回事？怎么会这样啊？这种事情，原来还可以这样做啊？自己这是怎么了，居然会那样疯狂……

她长长地舒了一口气，自己也搞不清到底是叹息，还是欢愉。

"你，终于是我的了……"耳边传来眼镜蛇幽幽的声音。这声音像是刺了她一下，使她感到了些许清醒，一种被占有的羞辱感折磨着她，使她挣扎了一下，想坐起来，但是失败了。她已经筋疲力尽了。

她平静了一会儿，刚想回过头去，看上眼镜蛇一眼，却意外地听到了眼镜蛇的鼾声。这家伙已经沉沉睡去了。

这样的情形是她做梦也想不到的。她事先做过种种预测，尽管她也想到过性的问题，但至少不应该是这样的。最起码应该是叙叙旧情，谈谈生活，谈谈人生，谈谈婚姻，谈谈爱情，眼镜蛇应该极尽所能倾诉衷肠，让她同情，让她感动，让她不忍拒绝，然后她可能会为情所迷，情不自禁或者把持不住，或者是酒后乱性，她才可能会半推半就地犯下这种错误。但这一切居然就这么

161

轻易地发生了，毫无任何前奏，没有情，没有爱，没有一句温情的话，她居然像是中邪一样接受了，而且还那么投入，那么疯狂，甚至还居然高潮了，而且是从未有过的欲仙欲死的高潮……

"我真是疯了……"

"你是我的玫瑰你是我的花……"眼镜蛇的手机突然响了。他一激灵坐起来，摸出手机，紧张地望着她，在嘴上比画了一个嘘声的动作，脸上立即堆满了笑容，声情并茂："哎——，老婆……正开会呢……好好，我马上回去……拜拜！"

她盯着那张撒谎却一点也不青不红的脸，感到一阵阵地反胃。眼镜蛇匆忙穿着衣服说："不好意思，有点急事必须去处理一下。你先休息，我到十一点半过来，请你吃饭。"不等她做出回答，他已经穿戴整齐，头也不回地走了出去，"砰"的一声关上了门。

她感到那声音像是一记耳光，正好打在自己的脸上发出的脆响，不由落下泪来。其实她刚才已经听到了那个娇滴滴的声音，眼镜蛇所谓的必须去处理的急事，就是到超市买包汤圆，给那女人送回家。

根本就不该来。自己送上门来，就为了让人家那样一番，又这么轻易地抛在一边吗？

不该来已经来了，现在，该走了。

她走进卫生间，反反复复洗了几遍，不觉又迟疑了。也许，眼镜蛇还是爱她的，否则，也不会那么对她，他不是对她那么痴迷吗？而且也那么的疯狂吗？不，比她还疯狂，疯狂多了，连自己的疯狂就是被他挑起的！刚才那种感觉，真是，太不可思议了！她一下想起眼镜蛇当初给她讲的那个酸不拉叽的故事，说的是新婚的姑娘第一次回娘家，她嫂子故意逗她，问她和新姑爷那事如何，姑娘说"妙"，她妈听了急忙制止，"不可言妙"，姑娘说，"不，妙不可言！"

"眼镜蛇"回家给老婆送汤圆，也没什么不好啊，自己又不打算和人家结婚，吃哪门子醋啊。人家不是还说要来陪她吃饭吗？到那时不就可以叙叙旧，谈谈情，说说爱了吗？都是四十来岁的过来人了，毕竟和年轻时不一样了。

她感到有些困了，打算好好睡上一觉，醒来的时候，正好赶上一起吃饭。

她又爬上床，拉过被子盖上，却意外地发现，被子下面有一个什么东西，仔细一看，认出正是眼镜蛇在车上吃的那片药的包装袋。他吃的什么药啊？拿起来一看，上面的英文字母写着"Viagra"的字样，作为医生，她知道那就是传说中的"伟哥"。

假的！假的！爱是假的！刚才那激情是假的！那疯狂、那高潮，统统都是假的！他早就算计好的，在车上先试探她，看她半推半就的，就吃了这药，就是为了玩弄她！

走！

走过吧台时，她被服务员叫住了。莫非……

"是不是需要我付房费？"她极力平静地问。

"您误会了，房费早就付过了。"服务员笑容可掬，"刚才那位先生给您留了一封信，让我务必转交给您。"

她接过那封信，心虚地塞进了手包里，匆匆出了宾馆，上了出租车。

"再也不来了！"她对自己说。

在几个小时前眼镜蛇接她的那个长途汽车站，下了出租车，她才想起了那封信，打开，气得她浑身发抖，里面只有一叠钞票。

越 位

把我当什么啦？妓女吗？

她一气之下，想把那些钞票扔掉，但立刻觉得不妥，就又坐上出租车，返回宾馆，不由分说把钞票扔给服务员，让她转交给眼镜蛇，再次出门，上了出租车。

"再也不来了！"她对自己说，眼泪忍不住流了出来，被她立即擦去了。

在公共汽车上，她觉得应该给眼镜蛇打个电话，免得服务员万一昧了那些钱，让她落得不清不白。刚一接通，对方立即挂断了。过了一会儿，她收到了眼镜蛇的信息："不好意思，我出差了，过几天才能回来，不能陪你吃饭了。"

"鬼才相信！"她不由脱口而出，引得乘客纷纷向她张望。

她再明白不过了，眼镜蛇离开宾馆时就留下了钱，说明就没打算再回宾馆去见她。

"再也不来了！"她第三次对自己说。

逆 子

　　妻子在弥留之际，把他和儿子的
手拉在了一起，看看他，又看看儿
子，发不出声音，闭不上眼睛，也咽
不了气。

一

他想到了聊斋里的一个故事：一对老年夫妇请教一位高僧，他们一心向善，从不做恶，为何无子。高僧答道：有无子嗣，在于前世。生孝子者，是人欠你的；生逆子者，是你欠人的。你们不欠人，人亦不欠你，故而无子。

他苦笑一下：看来，是我前世欠了他的！

他总算释然了，感到从未有过的轻松。让他尴尬的是，他是一个地地道道的无神论者，想不到教书育人一辈子，到头来却只能从宿命的角度打开这个心结。

他长舒了一口气，感到困了，想睡一会儿，准备把头向下挪动一些，以便能舒服点。他试了几次，都失败了。想不到到了这个关头，连这小小的愿望，也实现不了了。

临床的小张已经下了床："周老师，我帮你翻翻身，好吗？"

"不用了！太麻烦你了！"

"您千万别客气！再这样，我可真的不好意思了！"

"那好吧！"他看着小张诚恳的面孔，不忍再拒绝了，"请你帮我，往下挪一点，我想，睡一会儿。"

小张托起他枯瘦如柴的躯体，轻而易举地帮他完成了愿望。但由于他刚才的种种努力，和这番轻微的翻腾，已经超出了他所能承受的极限，浑身的疼痛让他神情恍惚，头上滚下汗珠来。

"麻烦，你，你了……"

他一阵眩晕，朦胧中看到小张正急切地看着他……

有人给他打针，他知道，那是吗啡。半个多月以来，只有这种毒品，才能缓解他的痛苦，让他得到少许安宁。

"小张……"他吃力地喊了一声，已经气喘吁吁了。

"哎！"小张俯下身来，尽量贴近他，"周老师，您说！"

"我，唉！要是有你，这么个，儿子……"

"您千万别这么说！其实……"

他摇摇头，打断了小张的话。他知道小张想说什么，无非是再用那句"其实您儿子很好，很孝顺"的假话来安慰他。他再清楚不过了，自己的儿子是个什么东西。

二

他结婚晚，得子更迟，直到三十七岁，才有了这个儿子。这让他欣喜若狂，又踌躇满志，他相信自己一定能培养出一个栋梁之材来。扳着字典翻了兰个月，才找到一个满意的名字来——"周齐安"：大丈夫"修身齐家治国安天下"嘛！

让他始料不及的是，这小子似乎和他并不投缘，从小看到他就像看见了鬼一样，号啕大哭。他刚抱在怀里，想亲一下，以享天伦之乐，那小子就像被针刺了，发出尖锐的惨叫来。几番下来，让他的兴致全无。他只能远远地袖手旁观，每次亲近的努力都只能是自取其辱。

等到儿子大一点了，他想到用种种办法来收买，但臭小子却从来不领情。给吃的，不吃！给玩具，不要！但只要经过妻子一过手，吃的玩的照单全收，还乐得屁颠儿屁颠儿的。

有人对他说，他属虎，儿子属龙，龙虎相斗，必然是水火不容。他对此嗤之以鼻，根本就不相信这种毫无科学依据的理论。

167

但在以后的日子里，这种理论却被从不间断的事实验证着。

儿子也称他为"爸"，但从来不叫。妻子故意为难儿子，"去，喊你爸吃饭！"儿子踅摸到他身边："我妈让你吃饭！"

"去，让你爸给你拿！"

"我妈让你给我拿……"

"这是我儿子吗？"有一次，他这样问自己，立即被自己的问题吓了一跳，面红耳赤，这哪是人话啊！自己尴尬地笑了。

他第一次打儿子，是儿子趁着他去买菜，妻子忙着做饭的机会，把他带回家里批改的学生作业扔了一地。儿子正天女散花一样，抓起地上的作业本向上抛掷，一见他回来立即向厨房方向逃窜，当然被他挡住了去路。

"捡起来！"

儿子不动。

"捡起来！"他更严厉了。

儿子还是不动。

妻子慌忙出来了，弯腰就捡作业，被他喝住了。他不能允许在他教育孩子的时候，妻子袒护儿子，这样不但起不到教育的作用，而且会造成儿子是非不明的严重后果。

"捡起来！"他走近儿子把手扬了扬，做出威胁的动作。

儿子看看妻子，又看着他，不动，似乎在试探他是否会真的动手。

"啪！"他的巴掌落在了小屁股上。

儿子的小嘴咧了一下，不动，也不哭。

"啪！"这一下更重了，真的是打了。

儿子连嘴也不咧了，仍然不动，也不看他和妻子。

"啪！啪！啪！啪……"他越打越起劲，看到那小子的眼泪胖咕嘟嘟地滚下来，但仍旧不发出哭声，而且还东张西望，像是在欣赏风景一样，满不在乎。

他正要继续打下去。妻子冲了过来夺了儿子，抱着冲进卧室，立即把门反锁上，在里屋放声大哭。

第二天，儿子就还击了他。因为他擦掉了儿子画在地板上的大作，儿子冲进里屋拿出玩具手枪，对准他猛烈地开火，咬牙切齿，发出仇恨的尖叫。他当时想，如果那手枪是真的，自己就已经成破筛子了。

那时，儿子二十二个月。

自那以后，儿子似乎再没有正眼看过他。等再大一点，他送儿子去幼儿园，不去。他接儿子回家，躲在阿姨身后不出来。阿姨怀疑地盯着他审视着，让他感到自己分明就是一个偷小孩的人贩子。

在儿子的童年里，他的角色无疑就是"大灰狼"。他对儿子的看法没那么过激，比较客观地认为他们父子其实是"冤家对头"。

三

妻子是架设在他们之间的唯一桥梁，有关他们的任何事情都需要妻子来沟通。但是好景不长，在他五十二岁，儿子十五岁那年，这座桥崩塌了。

妻子在弥留之际，把他和儿子的手拉在了一起，看看他，又看看儿子，发不出声音，闭不上眼睛，也咽不了气。

"你放心吧！我们会相处好的！"他痛哭失声，愧疚地望着妻子。妻子吃力地转过眼球，直盯着儿子，等儿子表态。儿子跪下，泪流满面，却没有一个明确答复。

"快对你妈说，说你会听我的话，让你妈放心走吧！"

儿子几次欲言又止，最终却说的是"你放心吧！我会对他好的"，妻子听了，还是满足地舒了最后一口气。

他一直认为，妻子的那种满足实际上是退而求其次，完全是无奈的。令他可恼的是，这小子不但不应承听他的话，反而说会对他好，言外之意就是他对人家不好，但人家并不计较，依然会对他好。简直就是个倒打一耙的猪八戒嘛！

但他不能计较这些了。没有了妻子，很多问题他就必须亲自面对了。他让自己务必树立起满腔信心来，耐心也就自然而然增加了。他不断地同儿子谈心，从不放弃任何一个教育儿子的机会。儿子也像是长大了许多，看来也确实认识到了母亲的离去，带给他们父子的影响了，不再顶撞他，看他的眼神也柔和了许多。他相信凭着自己大半生来教书育人的经验，绝对可以教育好自己的儿子的。让他不够满意的是，儿子对他的教育总是启而不发，低头不语，面无表情，从未与他的教育发生任何互动，任何回应。这和他的期望大相径庭，他不得不通过提问来加强自己的教育效果，但得到的只是勉强地点点头。这仍然让他感到效果不明显，就继续追问，非要一个明确的结果，但得到的都是匪夷所思的答案。

他讲了一通从前自己如何在父母双亡的情况下，边在生产队里劳动，边发奋读书，终于考上了大学，启发儿子好好学习。儿子说，对旧社会的事情不感兴趣。

他用了一个多小时，介绍自己和优秀学生的学习方法。儿子说，老古董了，只能进博物馆。

他讲自己上学的时候食物匮乏，不得不饿着肚子上课，想让儿子珍惜食物。儿子说：笨！就不会到肯德基买个汉堡包。

他把儿子从网吧抓回来，劝儿子珍惜学习机会，现在就剩下他们父子两个，他已经感到筋疲力尽，度日如年，直说得一把鼻涕一把泪，儿子毫无声息。仔细一看，儿子居然睡着了。他强压怒火没有发作，又拉过被子给儿子盖上，但他刚刚睡着，儿子就拿走了他钱包里所有的钱，跑到网吧去了。

他忍无可忍，终于发作了，责问儿子自己苦口婆心地说了那么多，怎么总是对牛弹琴，无动于衷，想不到儿子比他更有理："你考虑过没有，我听你啰唆这么多为了啥？还不是为了让你说个痛快，让你高兴！你知道没完没了地'听牛弹琴'有多痛苦吗？"

那天晚上，他没有吃饭，抱着妻子的遗像坐了个通宵。

他感到从未有过的失落。早年失去双亲，他扛过来了。中年失去爱妻，他也扛过来了。但生下这么个混账儿子，何时是个头啊！

这一夜，他的头发白了许多。

四

混账儿子只求过他一次，要他和妻子那省吃俭用积攒下来的五万多块钱，用于在一个网吧入股，研发一个什么狗屁游戏的玩法，并且决定不再考大学，改做生意了！

他的鼻子早已气歪了，最担心的事情终于发生，而且远远超出了他所能预料到的最坏程度。他本想多说几句的，但到全身抖得难以自持，最终只从牙缝里挤出两个字：休想！

儿子头也不回，走了。

他暗暗得意，任你小子蹦跶，孙猴子终将逃不出如来佛的手心，你小子还嫩点，不知道经济基础决定上层建筑吗？没钱，看

≫ 逆 子

你怎么去折腾！

过了两天，他感到底气不足了。儿子没有像往常一样回家向他索要生活费。唉！遇上这样的儿子，有什么办法呢？还得老子去送钱，总不能让他小子饿死吧！

到了学校，他不想去找这个"混账"，总不能让"混账"觉得是自己有理了吧！他直接去找了班主任，让班主任转交。

班主任一脸茫然："你不知道周齐安同学已经退学啦？听说他现在是'指缘网吧'的老板之一了。"

他不知自己是怎么回到家的，但到家之后，他受到的打击更大：存折不见了！

他叫苦不迭，为什么要把密码设成妻子的生日呢！这对那小子不是形同虚设吗！

他来到网吧，给儿子了一条出路，把钱要回来还给他，然后乖乖回去上学。儿子比较客气，给了他三个字"不可能"，没有像他那样说"休想"。

"那好吧！"他胸有成竹，"我只能报案了，我决不能让一个小偷逍遥法外，继续危害社会！"

"求求你了！别去丢人了好不好！"

"你还知道丢人？"他认为儿子服软了，得意地反问了一句。

"我是怕你丢人！"儿子居然理直气壮，"你去报案，告我什么？"

"明知故问！你偷我的钱！还有理啦？"

"你的钱？这钱是我的，我只是拿走了我的钱！"

"你的钱？你挣一分钱啦？！"

"你懂不懂法啊？"那小子居然说得有鼻子有眼，"这些存款和咱家的房子，都是你和我妈的共同财产，房子至少值十五万，存款五万，一共二十多万。这二十多万有一半是我妈的。我妈死了，她的那份由我们两个继承，我至少应该得到五万多元。我拿我的钱，犯什么法啦？"

"你！"他气得无言以对，但仍不甘心，"我，我要跟你断绝父子关系！"

儿子吃惊地看了他一眼，这让他看到了一丝扭转乾坤的希望，就又逼了一步："你给我写个声明，我的财产今后和你无关，我们从此一刀两断，互不相欠！"

"这可是你逼我写的！"儿子已经喘上粗气了，明显就要扛不住了。

"就是！咋了？不敢吃？"

儿子居然拿起笔，一挥而就："我从今天开始同父亲断绝父子关系，其财产与我无关。周齐安。"

五

他坚信用不了多久，混账儿子，不！那个畜生就会赔干了全部血本乖乖地跪在他的面前，请求他的原谅。他甚至还做好了更坏的打算，从监狱里接回悔过自新的儿子。到那时，他一定要拿足了架子，让儿子好好反省自己，充分吸取教训，洗心革面，重新做人。俗话说，浪子回头金不换嘛！到那时就当他和妻子辛辛苦苦积攒的那些血汗钱，给儿子买教训了！只要儿子学好了，改过了，变成了一个有用的人，他就可以上对得起祖宗，下对得起妻子，中间对得起社会，他就是死了也瞑目了。

但他没有等来这一天，从邻居那里传来的消息，却总是对儿子有利。别人对他说起儿子，他总是立即打断："我不听！我不

173

》逆子

听！我没有儿子！"但他从不走开，说话的人也就揣摩着他的心思，把知道的消息全盘托出。直到听完，他才会真正转身离去，还总是扔下那句话："不管他成龙变虎，与我无关！"

这些消息是可怕的，越来越让他不安。那畜生跌倒的越晚，走的弯路就越长，也就在泥坑里陷得越深，越难得到救赎。

他伸长脖子等了四年多，"畜生"终于回来了，但却和他想象的完全相反，开着扎眼的小汽车，西装革履，油头粉面，提着一大包什么礼物，站在楼下等他。

"黄鼠狼给鸡拜年！指定是来骗钱的！"

他故意视而不见，从"畜生"的身边绕过去，自行上楼。"畜生"跟在身后，这是他意料之中的。他打开门径直走进去，不关门也不回头。"畜生"跟进来，手足无措。

这让他感到得意，提醒自己绝不先开口说话，他倒要看看"畜生"怎样要花招。

"畜生"也不说话，两个人的会面成了智慧和定力的较量。

"同志，你走错门了吧？"他终于没能忍住，好在他的语气还让自己满意，镇定而冷漠。

"嘿嘿！你out了，现在都称呼先生。"那"畜生"竟然笑了，还是真笑，一点也不尴尬，简直厚颜无耻！

"请你出去！"他一下被激怒了，"滚！"

"畜生"有些慌乱了。这让他找到了一点平衡，不觉一丝懊悔的情绪涌上心头。毕竟，儿子四年了才回来一次。

"畜生"很快镇定了下来，犹豫了一下，从裤兜摸出手机，拨了几下，说："上来！"

"怎么？想抢？"他一阵紧张，暗暗想着。但他很快否定了，光天化日，那"畜生"即使胆大包天，也绝对不敢为所欲为的。他定定神，冷眼旁观。

进来的是一个女子，奇装异服，薄、透、露占全了，浓妆艳抹，活脱脱一个妖精。

"见见你的儿媳妇吧！""畜生"显然已经没有了耐心，生硬地扔下了一句。

原来如此！一计不成，又施一计！自己没达到目的，就又叫来这么个妖精来骗了！你要是想骗我，至少也叫个看起来规规矩矩的女孩子来呀！他感到好笑，不等那女子开口，说："我没有儿子，哪来的儿媳妇呀？"

女子一脸尴尬，刚想说点什么，被"畜生"制止了："带不带来是我的事，认不认是你的事。走！"说着，"畜生"拉着女子，头也不回离开了。

"要让我认，除非等我死了！"他早已怒不可遏，冲着两人的背影大吼。回过头，他看见了"畜生"拿来的一包劳什子，抓起来从窗口扔了下去，立即听到玻璃瓶子破碎的声音。

"哟！茅台酒啊！"

"还有中华烟！"

六

一年半后，他退休了。一切都安静下来。他开始给自己"秋后算账"，是到了该总结他这一生的时候了。思来想去，他觉得只能用两个字来概括：窝囊。

早年失去父母，饱受饥寒之苦；中年丧妻，孤独无依；更惨的是儿子大逆不道，不但使他晚景凄凉，而且难保不出什么祸事，令他日益惶恐不安。他根本不相信邻里、同事传来的关于儿子的消息是真的，什么研发了一个玩游戏的软件，一下就挣了

》逆 子

一百多万。什么儿子开办了一文化传播公司，当上了总经理。哪个成功的商人不是脚踏实地，一步一个脚印干出来的，钱不是一分一厘挣来的？玩玩游戏就能玩出一百多万，这种天上掉馅饼的事可能有吗？开什么文化传播公司，开个别的什么公司也许还有几分靠谱，一个连高中都没有毕业的混蛋学生，大字不识几个，还开什么文化公司，狗屁！这里边肯定是什么骗局，指不定什么时候就会被打出原形，蹄子爪子都露出来了！到了那时……

唉！儿大不由爷啊！

他决定为自己活几年。

那么，为自己做点什么呢？思来想去，只有一件事可以做，也能够做——写书。

他从小就一直做着文学梦，而且在报刊上发表过十几篇散文、小小说。他有几十年从事语文教学的经历，已经积累了深厚的文字功底，加上他时不时看些小说，作为排遣烦恼和寂寞的方式，无形中又使他领悟了诸多创作的技巧。他自信有这个能力，只是连年来的内外交困，让他失去了精力和心气。现在，可以一试身手了。他决定以自己为原型，写一部长篇小说，如果发表了，也算在这个世上给自己留下一点痕迹，没白活一场。

他把小说的篇名定为"一生"，构思、谋篇、布局，列出大纲，计划写三十八章，四十万字左右。

一切还算顺利。他迅速写出了前五章，五万多字，自己的少年时代算是交代清楚了。这让他倍受鼓舞，看来并不像他原来想象的那么困难，他觉得已经胜利在望了。

可偏在这时，他病了，而且越治疗越重。

积蓄很快就花光了，病情却还没有任何好转的迹象。单位经费有限，报销的药费迟迟不能兑现，这让他捉襟见肘。他的交际面十分有限，而且根本拉不下老脸，去向别人借钱，只好向单位预借下个月的工资，寅吃卯粮，维持着生计和最基本的医疗费用。

有人劝他去找儿子，他只是用一声冷笑来作答复。让他去向那个畜生张口，他宁愿现在就死去。

摆在他面前的路只剩下了两条，要么卖掉房子看病，维持生命，让他写完那本书，要么活着等死。

经过冷静分析，他决定选择后者。那"畜生"再混蛋也是他的骨肉、周家的血脉。自己把和妻子创下的家底吃干花净，到了那一边，有何面目去见妻子和先人们啊！

不想在这个档口，"畜生"自己回家了。

"你的药费我出！"

七

"用不着！"他想都没想，一口拒绝了。其实他看到儿子回家，心头猛然一热，完全感动了。关键时候，还是骨肉亲情啊！但他一看儿子那副俨然救世主一样的嘴脸，气就不打一处来。

"你先别忙着拒绝，我也不是白给你出药费！"

畜生毕竟是畜生，果然是另有目的的！他倒要看看这小子到底安的什么心。

"那就说说你的条件吧！不过我告诉你，想要房子，没门！"

"畜生"不屑地一笑："你必须加入我的公司，只有我公司的员工，才能享受福利待遇，我公司又不是慈善机构，我也不是慈善家！"

"休想！我宁死也不掺和你那什么狗屁公司！"

"你还是先别拒绝，想好了再说！"

≫ 逆子

"噢？那你倒是说说看，要让我去你那个公司，替你扛下什么违法乱纪的事，来当你的哪一种替罪羊！"他要知道，"畜生"的肚子里究竟装着什么样的鸡零狗碎。

"用不着你扛任何事，我的经营都是合理合法的。"畜生看看他那明显怀疑的神情，不由顿了一下，"是这样，你要把你的那本书写完，但是著作权归我们公司，你只享有署名权。"

狐狸尾巴终于露出来了！但这小子居然知道他正在写书，而且还要打这本书的主意，这种险恶的用心是他万万没有料到的。他气得浑身发抖，用尽全身的力气吼道："滚！"

"畜生"毫不脸红，厚颜无耻地笑笑，说："你可想清楚了，所谓著作权说穿了就是几个钱的事，署名权可是你的，上边可还是你的大名。这样你既可以不耽误看病，又能扬名立世，何乐而不为呢？至于那些稿费什么的，不就是几个钱吗？生不带来，死不带去的，反正你做了我公司的员工，生养死葬都有着落，你要不要也无所谓了！你说呢？"

"这么说，倒是我沾了你的光了？"他强压怒火，讥讽道。

"互惠互利！互惠互利！"

看着"畜生"那副嘴脸，他又从牙缝中蹦出了那两个字："休想！"

"你！""畜生"终于沉不住气了，气急败坏地踱来踱去，却又很快冷静了下来，"你，都已经这样了，能不能设身处地为我想想啊？你这样水火不进，让我怎么帮你？我要不帮你，别人会怎么看我？说我是不孝子孙，你的脸上就光彩啦？你让我怎么在人前做人呀？还让不让人活啦？"

这个"畜生"原来还想名利双收，既想在老子身上捞一笔钱，又要欺世盗名，落一个孝子的名头！他已经气得说不出话来。见过无耻的，没见过这么无耻的！

"这样吧！我给你两天时间，你冷静地考虑考虑。我等你答复。本公司期待同您合作 再见！"

冷静下来之后，他开始追问自己，难道真的非要和这"畜生"斗到底，真要让他身败名裂吗？自己也就是失掉了稿费，但稿费自己真要带进坟墓里去吗？说到底还不是便宜了那畜生？那畜生说的也不是没有一点道理，这样至少可以让他有时间来完成那部书，了却自己的最后心愿。可是，看到那畜生的嘴脸，他就无法承受。唉！认了吧！要死的人了，不和那畜生计较那么多了！

第二天，他答应了"畜生"的要求。

"畜生"却又提出了一个条件，他的作品在不符合公司要求的情况下，必须服从公司的修改意见进行修改。他一咬牙，认了！反正自己已经上了贼船，身不由己了！

签字，画押。完了完了，那"畜生"又扔下一句话来："咱丑话说在前头，在没有完成合格的作品之前，你可别死了，把我坑了。那我可亏大发了！"

这是人话吗！真是狗嘴里吐不出象牙来！他一咬牙："放心！我一生没亏欠过任何人，也不会亏了你这个奸商！"

话一落地，他感到海口夸大了，自己真的能活着完成这部作品吗？

八

进了大医院，病情很快得到了控制。他就接着动笔了，开始是在医院里写，接着便要求出院，带着药回到公司来写。好在饮食起居都有人照顾，创作异常顺利，到了第九个月中旬，终于脱

≫ 逆 子

稿了！

没容他松上一口气，他就晕倒了，再次被送进了医院。

等他醒来的时候，第一眼就看到儿子那焦虑的脸。他感到莫大的安慰，原本冰冷的心瞬间融化了。

"你来干什么？"他本来是想说点好听的，但舌头却不听使唤，话一出口就变了味。这让他感到说不出的后悔，就把语气软了下来："这回，我怕是不行了……"

儿子一愣，盯着他看了又看，脸色猛然冷了下来："我来干什么还用我说吗？就你写的那也叫小说？简直就是流水账！得改！改不好，你没有死的权利！你死了，想让我公司关门大吉啊！"

他一口气顶了上来，差点没有晕过去。他还以为儿子是担心他，原来是担心他写不好那部书，让公司亏了本！他立即兴奋起来，不蒸馒头争口气，自己就不信完不成那部书！

"你放心！老子不会让你亏本的！"

"好！我要的就是你这句话！""畜生"站起身，看也不看他一眼，"你抓紧治疗，尽快拿出修改稿！"

他又奇迹般的站起来了，带着药回到了公司。"畜生"不等他喘上一口气，就请来了省里杂志社的陈编辑。

陈编辑倒是平易近人，而且水平极高，从小说的整个架构，到各章节的情节安排，人物刻画，都一一提出具体的修改意见，这让他心服口服，就根据陈编辑的意见，一一做出了修改。两个多月，二稿脱稿了。

他又躺下了。

但没过几天，他就不得不带着药出院了。陈编辑又拿出了新的修改意见，这次更加具体，这次除了情节、人物，就连遣词造句、标点符号，都一一指出了问题，要求再改。

他的身体每况愈下，渐渐体力不支，肌体的疼痛常常使他彻夜难眠。但他还是坚持了下来，用了四个月时间，拿出了第三稿。他相信这次肯定可以交差了。没等到自己彻底趴下，就主动进了医院。他太累了，该歇歇了。

没想到的是，第三稿仍然不能使陈编辑满意，还要修改！他已经不能出院了，陈编辑就经常追到了医院，同他一起推敲小说里的每个章节，每个段落，甚至每个句子，每个字词。他渐渐感到陈编辑是个极端挑剔的人，总是鸡蛋里边挑骨头，到后来，简直就是骨头里边挑鸡蛋了。常常今天把这个词换成那个，明天再来，又把那个词换成了这个。

他终于无法忍受了，让人把儿子找来，提出陈编辑的种种不是，他认为这种徒劳无益的修改，并没有实际意义，提出截稿。

儿子又变成了那个畜生，根本不容辩解："你看看合同怎么写的？你是公司的员工，就要服从公司的工作安排。你的作品是让公司满意，不是让你孤芳自赏。教了一辈子书了，懂点道理好不好！"

这让他想到了周扒皮的半夜鸡叫，后悔不该上了"畜生"的贼船，但事已至此，他只能咬着牙，忍着全身病痛，继续修改。

一晃两年过去了，小说还没有最终定稿，他已彻底不能坚持了，每天只能靠吗啡来镇痛，有一半以上的时间，完全处于昏睡状态了。

"畜生"终于法外开恩，不再让他修改作品了，让他一边养病，一边等待小说出版、发行，如果出版社还需要修改，还是他的任务。这个畜生简直没有一点人性了。

他知道自己的时日不多了，病痛使他期待着那一天的来临，

》逆 子

但又担心那一天来得太快，那本书还没有出版，他决不愿失信于那个"畜生"，不能欠着阎王债离开这个世界。

九

他被换进新病房，医生是新医生，护士是新护士，病友也是新病友了。他知道末日即将来临了。

那"畜生"难得露面了。有几次他很想见到"畜生"，但又怕见到，他知道见了除了惹他生气，就不会再有别的什么了。好在临床的小张全不顾自己也是病人，没日没夜照顾他，帮他擦屎把尿，陪他说话聊天，给了他最大的安慰。护士小林对他更是无微不至，喂药喂饭，肢体按摩，洗脸擦身，更让他心里过意不去。

有一次他拉着小林的手，问她有没有结婚，小林红着脸，告诉他没有。他说："要是我那……"，他本想说"我那儿子有你这么个媳妇该多好"的，但话到嘴边又咽了回去，改成了"我要是有你这么个闺女就好了"。

小林鼻子一酸，落下了泪："从今后，你就把我当成亲闺女吧！"

"好！好！"他又回头看看小张，"我还有，这个儿子！"

他不觉老泪纵横，一下又昏睡过去了。

等他再次醒来，陈编辑已经在了，见他醒来，就兴奋地告诉他，他的小说出版了！

他抚摸着样书，像抚摸着自己刚刚出生的婴儿，再一次淌下浑浊的泪水。"我，终于可以，瞑目了！"

一阵晕厥，差点又使他失去知觉。他猛然想到了一个重要的问题，现在必须解决了，要不然，就没有时间了。他对小林说：

活着回家 *HuoZhe HuiJia*

"闺女，你给我，找个，公证员，来。"

小林问他找公证员干什么，他依次看看小林、小张和陈编辑，说："我这，一辈子，就剩下，一套房子了。我那儿子，那畜生，他不稀罕，也不配要。我要给，你们，三个，你三个，平分。算我，报答你们了！那畜生，不是，好东西……没个公证员，在场，他一定，一定不，认账……"

三人面面相觑，不觉泪如泉涌。

"周老师！您不能这样！你误会我们周总了！"小张一把撕开自己身上的病人睡衣，露出里边的公司制服来，"实话对您说吧，我不是病人，是周总安排我专门护理您的！他怕你见他就生气，就让我代他护理您。他给我的是五倍的工资啊！"

陈编辑也走上来："我也给您老说实话吧，我也不是编辑，我是周总专门为您招聘的员工，来帮你修改稿子的。第一次的修改意见，是周总花了大价钱，让专业人士提出的，我背熟了再说给你听的。您的第二稿出版社已经通过了，书也早就出版发行了！后来几次修改，都是骗你的！周总想让你有所牵挂，这样才能使你多活一段时间。"

他的大脑顿时成了一片空白，很久才明白是怎么一回事情。他看看不住抽泣的小林，问："闺女，那你呢？也，不是，护士？"

"爸啊！你再看看，能认出我吗？"小林不觉失声痛哭，一把摘下了护士帽，露出一头秀发来，凑到他的眼前，"我是你的儿媳妇啊！爸呀，你见过的！"

他终于看清了，那个从前的妖冶女子去掉了粉饰，原来是这么清纯秀气。

"你们，成了亲，我认你……别，怪爸……"

≫ 递 子

"我俩，还没结婚，他说，你不同意就不结婚，等你百年之后，再……"

"闺女，媳妇，咱，回家，吧……"他已经喘不上气了。

"爸，咱就在家里啊！"

"这，是咱，家……？"

"对啊！"小张接过话，"这是周总的新家，怕你不想来，就把房间布置成了病房的样子，趁你睡着时把你接回来了！"

"叫，那……"他本来想说那畜生的，却省略了，"来，见我……"

"爸！"儿子闻声木木地进来，迟疑一下，还是在他床前跪下了。

他摸着儿子的脸，终于露出一丝哭笑来："你，小子……是个逆，子……"

儿子赞同地重重地点着头："是啊，直到现在，你还是对我不放心，不把我当人看！"

小林显然对丈夫说法不满意，推了一下。

"总是，和你老子，对着，干……你赢了……"说完，他已经用尽了力气，合上了眼睛。

"你就这样走了！我还有话，想问你呢！"

小林连忙上前安慰丈夫："你问吧，咱爸他，能听到的！"

"你告诉我，你到底有没有，爱过我啊？"

他确实还能听见儿子的声音，便鼓足了所有的力气，说出了这一生的最后一句话：

"每……一……天——"